10/18

12, AVENUE D'ITALIE. PARIS XIIIe

Sur l'auteur

Herbjørg Wassmo, née en Norvège en 1942, vit à Hihnöy, une petite île située au nord du Cercle polaire. Très populaire dans les pays scandinaves, cette ancienne institutrice férue de poésie se consacre à la littérature depuis vingt ans. Après la trilogie de « Tora » (*La Véranda aveugle*, *La Chambre silencieuse*, *Ciel cruel*), elle connaît un grand succès avec la trilogie « Le Livre de Dina » (*Les Limons vides*, *Les Vivants aussi*, *Mon bien-aimé est à moi*), puis *Fils de la Providence*. Herbjørg Wassmo achève l'épopée de la flamboyante Dina avec la trilogie « L'Héritage de Karna » (*Mon péché n'appartient qu'à moi*, *Le Pire des silences*, *Les Femmes si belles*). *Le Livre de Dina* a depuis été porté à l'écran par le metteur en scène danois Ole Bornedal, avec Gérard Depardieu, Maria Bonnevie et Pernilla August dans les rôles principaux. Herbjørg Wassmo a également publié *La Fugitive* et *Un verre de lait, s'il vous plaît* (Gaïa, 2007).

HERBJØRG WASSMO

MON PÉCHÉ N'APPARTIENT QU'À MOI

L'Héritage de Karna, t. 1

Traduit du norvégien
par Luce Hinsch

« Domaine étranger »
créé par Jean-Claude Zylberstein

GAÏA

Du même auteur
aux Éditions 10/18

Voyages, n° 3804
La fugitive, n° 4000
Un long chemin, n° 4133
La septième rencontre, n° 4248

« Le Livre de Dina »

Les limons vides, tome 1, n° 3231
Les vivants aussi, tome 2, n° 3267
Mon bien-aimé est à moi, tome 3, n° 3293
Fils de la Providence, tome 1, n° 3422
Fils de la Providence, tome 2, n° 3441

« L'Héritage de Karna »

▶ Mon péché n'appartient qu'à moi, n° 3577
Le pire des silences, n° 3578
Les femmes si belles, n° 3579

Titre original :
Karnas Arv

© Gyldendal Norsk Forlag, Oslo, 1997.
© Gaïa Éditions, 2000, pour la traduction française.
ISBN 978-2-264-03455-7

Pour Hilde

« La raison profonde de ceci vient de l'essence même de l'existence humaine, du fait que l'homme est individu et, comme tel, est à la fois lui-même et tout le genre humain, de sorte que ce dernier participe en entier à l'individu et l'individu à tout le genre humain. »

Søren Kierkegaard,
Le Concept d'angoisse.

PROLOGUE

> N'ALLEZ DONC PAS LES CRAINDRE ! RIEN EN EFFET N'EST VOILÉ QUI NE SERA RÉVÉLÉ, RIEN DE CACHÉ QUI NE SERA CONNU.
>
> (Matthieu 10,26)

L'escalier était raide et étroit. La première marche portait une marque profonde. Comme si quelqu'un y avait planté une hache.

Un beau jour, la trappe qui fermait le grenier se trouva ouverte sur le grand trou noir.

Elle avait toujours su qu'il était là, parce qu'on parlait toujours d'aller y faire un tour. Mais elle ne l'avait jamais vu.

Elle commença par monter quelques marches, il n'y avait aucune rampe à laquelle s'agripper. Mais, avant même d'y avoir réfléchi, elle atteignit un point qui lui permettait de scruter l'obscurité.

Et, tandis qu'elle restait là, la tête passée dans l'ouverture, les ténèbres se transformèrent. Elles lui murmuraient des choses pour l'attirer.

Elle avança ses mains sur le plancher. Il pouvait y avoir quelque chose de dangereux. Quoi, elle ne savait pas.

Petit à petit l'obscurité l'apprivoisa et lui laissa deviner des coffres, des caisses, des boîtes, des valises, des chaises cassées et des sacs de toile. Des piles de vieux journaux attachés par une ficelle. Juste devant l'ouverture se trouvait un berceau en osier avec des roulettes et une capote.

Elle savait que si elle se retournait vers la lumière en bas, elle n'arriverait pas à monter jusqu'en haut. Elle continua donc à gravir les marches jusqu'à sentir le plancher sous ses pieds nus.

Il n'y faisait pas un froid glacial comme elle l'avait imaginé, au contraire il y faisait beaucoup plus chaud que dans sa chambre. Comme si le plancher dégageait une tiédeur particulière.

Il faisait de plus en plus chaud au fur et à mesure qu'elle avançait dans le noir. L'air était saturé d'un elle ne savait quoi.

Les poutres qui soutenaient le toit étaient comme les bras d'un géant. Elle les devinait à peine au-dessus d'elle. Elles formaient de profonds recoins où pouvait se cacher tout ce que l'on ne voyait pas.

L'ouverture sur l'escalier était l'unique source de lumière. Son corps lui paraissait bien trop léger pour retenir un cœur aussi fou. Il battait à tout rompre à la seule vue de sa propre ombre.

Près de la cheminée la plus proche se trouvait une malle à ferrures. Ce fut la première chose que l'obscurité lui offrit. Quand elle ouvrit le couvercle, il y eut un léger bruissement. Qui ne venait pas d'elle.

Elle commença par fermer les yeux en comptant jusqu'à trois, puis elle les ouvrit pour voir encore plus nettement quelque chose bouger. C'est alors qu'il y eut un glissement sur le plancher. Comme un courant d'air.

Son cœur cognait, prêt à éclater. Elle resta un instant sans bouger. Totalement immobile. Puis elle plongea subitement la main dans la malle dans quelque chose de doux qui crissait. Cela ressemblait au papier de soie où Sara découpait des guirlandes à Noël.

En dessous, on aurait dit du velours, ou de la peau. Elle souleva la chose à l'aide de ses deux mains. C'était bien plus grand qu'elle. À bout de bras, elle la traîna sur le plancher sans oser la regarder.

Elle l'installa à la lumière qui provenait de la trappe

ouverte sur l'escalier, la tête remplie des parfums de l'été. Comme quelque chose à la fois de connu et d'étranger.

Elle crut d'abord qu'il ne s'agissait que d'une robe à manches longues en velours rouge, dont l'encolure était bordée de dentelle noire.

Puis la robe se redressa en position assise.

À l'intérieur de la robe il y avait une dame aux longs cheveux qui lui tendait les bras. Elle faisait tinter ses bracelets. Tout doucement, seulement pour elle. Un nombre incalculable de bracelets luisaient dans l'obscurité.

C'est alors que la nausée l'envahit. Elle perdit toute sensibilité dans les bras et dans les jambes tandis qu'un bruit perçant lui traversait la tête. Elle sut qu'elle allait tomber.

Et elle ressentit vaguement la rudesse du plancher.

Quand elle reprit ses esprits, tout était rouge et noir. Une douleur sourde lui fit comprendre qu'elle s'était mordu la langue. Son visage et son cou étaient complètement trempés et gluants.

La bave coulait de sa bouche. Elle essaya de s'essuyer. Sans trop y arriver. Tremblante de froid, elle se recroquevilla sur elle-même.

C'est alors qu'elle ressentit la douceur du velours. Elle était sur les genoux de quelqu'un. Des mains se posaient sur elle. Chaudes et pleines de précaution, faisant tinter des bracelets.

Elle commença par refermer les yeux. Puis elle les ouvrit et les planta droit sur le visage du tableau accroché au-dessus du piano. C'était bien la même robe. Mis à part que celle-là était vraie.

C'était grand-mère Dina qui la tenait dans ses bras en attendant qu'elle revienne à elle.

Il n'y avait donc pas de raison d'avoir peur, pensa-t-elle en refermant les yeux. Elle entendit alors :

— Je savais bien que tu viendrais un jour.
— Tu m'attendais ?

— Bien sûr que je t'attendais.
— Je serais venue plus tôt si j'avais su que tu étais là, dit-elle avec hésitation.
— Tu ne pouvais pas ouvrir la trappe toute seule.
— Elle était ouverte aujourd'hui. C'est toi qui... ?
— Ou quelqu'un d'autre.
— Comment faire pour ouvrir quand je veux venir ?
— Demande à Benjamin.
— Mais s'il refuse ?
— Il ne peut pas
— Pourquoi ?
— Mais parce que tu m'as fait sortir de la malle.

Bergljot arriva en trombe tout en appelant Karna, affolée.

Elle restait tranquillement couchée sur les genoux recouverts de velours.

On la transporta dans sa chambre. À travers toutes les portes ouvertes elle entendait les réprimandes pleuvoir sur Bergljot parce qu'elle avait laissé la trappe du grenier ouverte.

Stine était à son chevet et récitait son Pater, comme d'habitude, tout en lui faisant boire une décoction d'alchémille.

— Faut faire descendre grand-mère Dina du grenier, dit Karna entre deux gorgées.

Ils se regardèrent avec effroi, refusant de comprendre.

Elle se rebiffa, refusant de boire.

— Que Dieu nous pardonne, j'crois bien que la petite a vu un fantôme, dit Bergljot.

Karna comprit alors qu'il ne fallait pas leur en vouloir. Ils n'y pouvaient rien. Elle se souvint qu'Oline avait dit un jour :

— La Dina avait des tas de belles robes. L'était peu soignée, mais l'était coquette. On a dû les ranger au grenier.

— Allez chercher la robe de grand-mère, commanda Karna avec force.

Et elle finit par obtenir ce qu'elle voulait.

Elle y allait souvent. Pas seulement en été quand il faisait bon marcher sur le plancher. Et pas seulement les jours de pluie. Non, elle y allait quand elle en ressentait le besoin.

Tous les vêtements que les gens d'autrefois avaient portés et tous les objets qu'ils avaient possédés s'y trouvaient rassemblés.

Stine et Oline trouvaient dangereux que Karna aille seule au grenier. Elle pouvait être prise du haut mal et se blesser gravement.

Mais papa pensait qu'elle devait apprendre à sentir venir les crises afin de se coucher avant de tomber. Il ne voulait pas qu'on la surveille continuellement.

Quand papa lui ouvrit la trappe, Oline cria de la cuisine :
— L' docteur s' conduit pas comme un père, mais comme un cinglé ! L' va laisser périr la petite là-haut dans le noir !

Mais une fois là-haut elle ne sentait plus le mal venir. Tout n'était qu'obscurité et silence. Seulement interrompu par une souris, ou quelque chose dans ce genre.

Papa l'aida à traîner les caisses et les malles près de la trappe pour y voir mieux. Il n'était pas question de lui donner une lampe.

Pendant des heures grand-mère et elle fouillaient dans de vieilles affaires dont personne ne voulait. Des tas d'images lui remplissaient la tête. De gens qu'elle n'avait jamais vus. Ils ne disaient pas tous qui ils étaient. Mais cela n'avait aucune importance.

Grand-mère disait qu'elles remontaient le temps.

Il leur arrivait à toutes deux d'essayer des robes. Grand-mère ne se moquait pas quand Karna avait l'air bizarre. Elle se contentait de l'aider à boutonner et à fixer la ceinture.

Les chaussures étaient drôles. Bien trop grandes pour

Karna. Elle traînait les pieds sur le plancher en marchant.

Une fois elles trouvèrent une longue écharpe de plumes. Elle s'entortillait autour d'elle comme un serpent et dégageait presque la même odeur que la sacoche de docteur de papa. Elle la mit cependant autour de son cou et sentit qu'elle était vivante.

Avant qu'elle ne descende, grand-mère enleva la robe rouge. Pour qu'elle puisse emmener avec elle un parfum d'été. Karna l'emporta et la posa sur la chaise à haut dossier de sa chambre.

De cette façon grand-mère était pour ainsi dire assise sur la chaise. Elle pouvait la toucher de sa main tout en restant couchée dans son lit.

Le bruit de l'océan. C'est la première chose dont elle se souvenait. Le sentiment de sortir de soi-même. Parce qu'elle y était forcée. Ou de sa propre volonté ?

Tant qu'elle restait au lit, elle flottait. Dès qu'elle ouvrait les yeux elle sentait la présence de cette grande puissance. La lumière. Qui la soulevait, l'aspirait. Qui la forçait à entendre le chant.

Encore dans ses rêves elle se voyait voler au-dessus de la mer. Les bras du vent étaient tellement puissants.

Le son. Encore lointain, vers les écueils, comme un grondement sourd. Puis plus proche, aux tonalités plus précises alors qu'une nouvelle plainte s'élevait au loin. Et encore une. Cela continuait ainsi. Culminant en une formidable chorale, tout à la fois un murmure et un chant, un grondement, à la fois une action de grâces et une prière.

Le bruit de l'océan était bien le chant le plus puissant du monde.

Il lui arrivait d'entendre les vagues se briser sur le monticule d'où l'on hissait le drapeau. Elle n'avait pas besoin de les voir. Elle savait à quoi cela ressemblait. Elles se soulevaient et se jetaient sur tout ce qui se trouvait sur leur chemin.

À la fin elles en devenaient blanches de rage et

essayaient d'atteindre le ciel. Elles finissaient toujours par retomber.

Mais le monticule tenait bon. Il était éternel. Seule la hampe se cassait parfois.

Au réveil tout était noir et gris dans la chambre. Les branches du rosier griffaient la vitre. Pas trop fort. Elle le ressentait juste comme un sentiment d'inquiétude dans la tête.

Elle transpirait, tout en ayant froid. Elle avait du mal à se mettre debout.

Elle se sentait barbouillée et elle ne pouvait plus voler.

Le tissage de l'étroite descente de lit formait des rayures. Mais on n'en voyait pas les couleurs. On les ressentait sous les pieds avant même de les voir, toutes froides et à la surface inégale. Les rayures bleu foncé étaient les plus particulières. Elles étaient faites des restes d'un manteau d'hiver ayant appartenu à Hanna.

Elle traversa la pièce ainsi que la salle à manger où le poêle ronflait déjà. Elle entra dans la cuisine. La chaleur s'empara d'abord de ses orteils. Puis d'elle tout entière. Au milieu de cette chaleur se trouvait Oline. Depuis toujours.

Autrefois elle croyait que l'escabeau à roulettes et Oline ne faisaient qu'un. Mais quand Oline eut la fièvre et dut garder le lit, l'escabeau resta vide près du poêle. Il était recouvert d'un coussin à carreaux bleus et blancs qu'elle n'avait jamais vu.

Il lui arrivait de se réveiller avec un goût amer dans la bouche qui lui rappelait l'absence de son père au moment de s'endormir.

Il lui fallait alors grimper sur les genoux d'Oline et dire : « Le papa de Karna est rentré maintenant ? »

Quand le soleil revenait, la lumière habitait aussi dans la neige. Elle faisait trembler ses paupières, comme si ses yeux voulaient se cacher.

Cela ne lui servait à rien. Tout d'abord cela faisait très mal. Comme un banc d'alevins qui lui aurait traversé la tête.

Et cependant elle lui était nécessaire. Cette lumière.

Si elle fixait le disque solaire assez longtemps, la vague finissait par l'emporter. Il lui fallait ensuite subir cet écœurant réveil.

Sa seule consolation, elle la trouvait dans les bras de papa. Dans sa voix. Dans ses mains posées sur son front.

Le pire, c'étaient les regards étrangers, ou bien quand elle avait fait pipi sur elle sans le vouloir.

Papa la recouvrait et l'emportait dans sa chambre. Mais il n'était pas toujours là.

Une fois, alors que la neige était toute fraîche et toute blanche, elle s'était allongée dessus, entre le pavillon et la clôture du jardin. Même en fermant les yeux elle savait que la chaleur de la lumière et le froid de la neige ne faisaient qu'un. Juste comme la mer et le ciel au large des îlots.

Sa tête partait en éclats rien que d'y penser.

Elle faisait faire de grands mouvements circulaires à ses bras et à ses jambes pour se sentir exister. Elle se releva ensuite avec précaution pour ne pas laisser de marques.

Quand elle ouvrit les yeux, elle vit la silhouette d'un ange se dessiner dans la neige. Juste à l'endroit où elle s'était couchée. Elle l'avait fabriqué toute seule. À son image.

Elle raconta cela à Oline qui lui dit que c'était un blasphème. Seul Dieu pouvait créer quelque chose à son image.

Elle ne protesta pas. Mais elle se dit qu'Oline n'avait pas toujours raison.

Elle s'imaginait qu'Hanna était toujours Hanna. Mais tout d'un coup ce n'était plus elle. Il y avait une différence dans la voix. Et dans les vêtements. Et dans les mains qui n'étaient pas aussi sûres. Et dans cette odeur étrangère à Reinsnes.

Cette fois-là, ce devait être juste quand elle venait

d'avoir ses premières bottines à boutons, car elle se souvenait du claquement de ses propres pas dans l'escalier, c'était l'autre Hanna qui se tenait près de la fenêtre dans la salle. Elle cachait son visage dans ses mains.

Quand Karna avait tenté de la toucher, elle s'était baissée et l'avait entourée de ses bras. Il émanait d'elle une forte odeur doucereuse, et des sons. Son visage était complètement trempé.

C'était la première fois qu'elle avait ressenti le vide qui parfois entoure les adultes. Cela pouvait retirer toute couleur aux murs et amener le froid. Même si le poêle était allumé. Cela arrivait quand on s'y attendait le moins.

Papa était entré dans la pièce et cela n'avait fait qu'empirer. Il ne l'avait pas regardée, regardant seulement l'autre Hanna. Le visage étranger, il avait proféré des sons qui s'étaient gravés dans sa mémoire. C'était bizarre, parce qu'elle ne se souvenait pas du sens de ces sons.

Il y avait eu un bruit de jupes et une voix perçante qui avait parlé de partir.

C'est alors que papa l'avait tirée vers lui. Il avait des mains dures, et elle avait essayé de s'en défendre en criant :

— Tu n'es pas mon papa quand tu es si méchant !

Après, elle ne savait plus très bien ce qui s'était réellement passé. Mais il l'avait serrée contre lui, à lui faire mal, et avait crié :

— Mais bon sang si, je suis ton père, sale môme !

De cette manière c'était de sa faute à elle, Karna, si Hanna avait voulu partir. Pourquoi, elle n'en savait rien.

En réalité elle savait bien qu'il s'agissait de deux personnes différentes. Car Hanna et Isak étaient déjà installés à Strandstedet.

Hanna avait presque toujours la bouche remplie d'épingles. Une lourde odeur se dégageait des rouleaux d'étoffe et des robes à moitié terminées accrochées aux murs.

Avant de parler, il lui fallait retirer une à une les épingles de sa bouche et les planter dans un coussin de velours noir. Il était fixé au rebord de la table. Les épingles venaient s'y ranger et scintiller à la lumière de la lampe.

La présence d'une Hanna était une bonne chose, mais on ne pouvait pas toujours compter sur elle. C'est pourquoi il fallait en placer une là où on pouvait. Dans l'autre, par exemple. Karna pensait que cela ne faisait rien. Elles s'en iraient de toute façon. Tout le monde s'en allait avec le vapeur.

On l'entendait d'abord gronder, puis il apparaissait derrière le monticule au drapeau et se mettait à grogner.

C'est alors que Livian, le boutiquier, partait à la rame. S'il y avait des vagues, la petite embarcation montait et descendait et paraissait bien solitaire. Si c'était le calme plat, elle était comme un oiseau nageant vers le grand bateau.

Ce n'était pas toujours seulement des paquets et des caisses qui arrivaient, mais aussi des gens qu'elle n'avait jamais vus. Quand ils arrivaient à la maison, il fallait presque toujours qu'elle vienne leur dire bonjour.

Elle remarquait à leurs yeux s'ils la voyaient ou pas.

L'autre Hanna l'avait vue immédiatement à son arrivée. Même presque plus qu'elle n'avait vu papa.

Elle avait d'abord dit quelque chose dans une langue incompréhensible, et papa s'était également mis à parler comme elle. En remontant du quai, elle avait pris Karna par la main. Elle s'était arrêtée plusieurs fois et s'était baissée jusqu'à devenir aussi petite que Karna, et avait proféré ses mots bizarres.

L'autre Hanna mettait de la douceur dans la voix de papa. Même après la fois où il avait été si méchant, en haut, dans la salle. Peut-être même encore plus après ce jour-là.

L'autre Hanna était au piano.

Cela sentait l'herbe, et les rideaux étaient d'un blanc éblouissant. Il leur arrivait de gonfler comme un gros ballon dans la pièce. Pour, l'instant d'après, pendre tout raides, au point qu'on pouvait se demander si on avait rêvé.

Karna s'était mise contre la caisse noire pour entendre l'autre Hanna la faire chanter.

Deux pieds nus étaient posés sur les pédales. Les gros orteils se dressaient en l'air quand elle appuyait. Ils avaient l'air méchant, bien qu'ils ne fassent rien de mal. Ou alors ils avaient peur ? Que quelqu'un les saisisse.

Elle était restée un moment perdue dans les sons, à penser combien ils avaient peur, puis elle avait ouvert la bouche et avait mordu.

Il y avait eu d'abord un bruit de tonnerre pendant que l'autre Hanna essayait de retirer son pied. Puis son visage était apparu sous le clavier, à l'envers. Ses cheveux pendaient presque jusqu'à terre. Comme un rideau entre elles.

Ils n'étaient pas aussi noirs que ceux de la vraie Hanna. Mais beaux quand même.

Papa avait accouru et l'avait grondée parce qu'elle dérangeait. Il l'avait tirée par les pieds pour la faire sortir.

— Laisse-la donc tranquille, avait dit l'autre Hanna en plaquant quelques accords furieux.

Mais elle n'était pas en colère. Elle riait.

Et papa s'était glissé sur le tabouret à côté d'elle. Ils étaient restés un long moment leurs deux têtes pressées l'une contre l'autre. Émettant de drôles de sons.

Karna s'était redressée, voulant se faire remarquer.

Mais ils restaient indifférents.

C'est alors qu'elle s'était hissée et avait mis ses deux mains sur les touches. Il en était ressorti un grand bruit. Et ils ne la voyaient toujours pas.

Alors, elle le lui dit carrément :

— Tu peux t'en aller avec le vapeur !

Papa avait été furieux, mais l'autre Hanna l'avait prise sur ses genoux. Elle avait posé ses doigts sur ceux de Karna et avait appuyé sur les touches. Ça faisait un peu mal.

— Eh bien ! Maintenant tu vas nous jouer quelque chose, avait dit l'autre Hanna, en appuyant.

Et *Au clair de la lune* était sorti du piano.

Quand l'autre Hanna avait lâché ses mains, Karna avait regardé les touches et appuyé à l'endroit qu'elle croyait être le bon.

Et *Au clair de la lune* avait envahi la pièce à nouveau.

Sur la commode du grand salon il y avait un portrait dans un cadre tarabiscoté. On disait que c'était sa mère.

— C'est Karna, ta mère, dont tu portes le nom, avait dit papa. Elle est morte quand tu es née.

Elle savait qu'il avait répété cela de nombreuses fois.

Ce n'était qu'un son.

Pour elle, Copenhague était un son dans le même genre. C'était quelque chose qui faisait mourir les gens. Et c'était de sa faute à elle. Parce qu'ils disaient : Quand tu es née.

Il lui arrivait de tirer une chaise et de grimper dessus pour que sa mère la voie. C'était presque toujours raté.

Quand la vraie Hanna venait à Reinsnes, son retour à Strandstedet était fixé d'avance.

Et Isak devait l'accompagner. Bien que plus grand qu'elle, il dormait dans la chambre de Karna. S'il était fâché contre elle, il allait dormir dans l'annexe chez Stine et Tomas.

Isak n'était pas si mal que ça quand il était de bonne humeur. Mais on ne savait jamais avec lui. S'il était en colère, il disait qu'elle était petite et bête. Cela ne lui plaisait guère. Mais elle ne pouvait rien y faire. Elle pouvait bien donner des coups de pied à une chaise ou encore aller à l'écurie asticoter les chevaux avec un bâton jusqu'à les faire hennir. À condition que personne ne la voie. Mais ça ne servait pas à grand-chose.

Il lui arriva une fois d'avoir une crise pendant une dispute avec Isak. Tout le monde avait accouru. Hanna aussi. Il s'était alors sauvé dans l'étable d'été et avait disparu tout l'après-midi.

Hanna dormait dans la chambre mansardée du sud, dans la maison des maîtres. Une fois pour toutes, avait dit Oline. Cela pouvait vouloir dire pendant longtemps. On pouvait être sûr que ça allait durer jusqu'à Noël.

Mais ils étaient tous partis. Papa aussi. Avec sa grosse sacoche de médecin.

Une fois qu'ils pêchaient des petits lieus, papa et elle, il avait eu l'air tout triste.

Elle le lui dit alors.

— Tu peux faire revenir Hanna, tout s'arrangera.

— Elle doit rester à Strandstedet pour sa couture, tu sais bien.

Hanna était le seul spécimen de la gent féminine qui, à la connaissance de Karna, avait décidé d'habiter ailleurs. Elle obtenait ce qu'elle voulait sans faire d'histoires.

Stine donnait une sorte d'explication à cela en disant :

— Hanna n'en fait qu'à sa tête.

Karna pensait que cela voulait dire que si Hanna avait décidé de rester à Strandstedet avec des épingles plein la bouche, eh bien, elle y resterait.

Par ailleurs il n'était pas facile de savoir ce qui plaisait à Hanna. C'était quelquefois Karna. Mais pas toujours. Et ce n'était pas toujours Isak non plus.

C'est alors qu'Oline déclarait :

— Le gamin aurait besoin d'un père.

Avant, Hanna venait souvent à Reinsnes. Elle et papa riaient beaucoup au cours des soirées. Elle les entendait de sa chambre.

Ils jouaient aux dames et aux échecs. C'étaient seulement des pions sur un plateau.

Elle était montée chercher quelque chose sur le palier où Hanna se trouvait devant l'armoire à linge. Elle avait alors vu que papa se trouvait là aussi.

Elle avait cru qu'ils se battaient dans la pénombre. Mais ce n'était pas le cas. Quand ils l'avaient vue, ils s'étaient mis à lui parler d'une voix toute douce. Tous les deux en même temps.

Elle n'arrivait plus à se souvenir si c'était après l'autre Hanna. Ou avant.

Oline avait dit :

— Avant, y avait trop de femmes à Reinsnes, maintenant y en a pas assez.

Karna savait bien que c'était parce que la vraie Hanna n'était pas là.

Par un jour de beau temps papa l'avait emmenée en bateau. Ils allaient très vite. Tout semblait si facile. Elle avait dit alors :

— C'est pas de ma faute si elle est partie.

— Non, comment peux-tu dire ça ? Bien sûr que ce n'était pas ta faute !

Il avait l'air de s'adresser à la mer. Sa voix était si douce qu'elle s'était brisée.

— C'était la faute de qui alors ?
— La mienne.
— Parce que t'étais méchant ?
— Parce que j'étais méchant, oui !
— Elle va revenir ?
— Je n'en sais rien.
— Tu peux lui demander.
— Ouais...
— Tu veux pas ?
— Ce n'est pas si facile.
— Elle peut servir à quelque chose ?

Il s'était alors mis à rire, malgré sa tristesse.

— Je ne sais pas trop ce que je vais faire...

Karna avait alors eu peur parce qu'elle savait qu'il y pensait. À partir. Loin.

Le jour où papa était venu dire qu'il allait ouvrir son cabinet à Strandstedet, Karna n'avait pas compris qu'il allait aussi y dormir.

Il avait été absent un jour et une nuit et n'était toujours pas rentré quand elle avait demandé à Oline où il couchait.

— Il dort dans la pièce derrière son cabinet à Strandstedet.

— C'est papa qui doit me donner à manger, avait-elle crié.

Ils avaient dit que c'était impossible. Alors ce n'était plus la peine de manger.

Pendant deux jours Oline, Stine et la bonne avaient essayé de lui faire avaler quelque chose. À la fin, quand Oline avait essayé de lui faire manger une bouillie, elle l'avait renversée sur toute la table.

Malgré cela, elles ne voulaient pas en démordre. Elle finit alors par grimper sur le plan de travail et se mit à fixer le disque solaire jusqu'à ce que le chant de l'océan l'emporte dans une crise.

Stine avait installé des caisses un peu partout dans les champs et le long de la grève. C'est là que les eiders s'installaient pour pondre les œufs qui deviendraient des oisillons.

Quand Karna ne put plus compter le nombre de jours durant lesquels papa avait été absent, elle alla chasser les oiseaux des caisses. Puis elle piétina les œufs. Pas seulement un ou deux. Un grand nombre.

Des uns elle ne fit qu'une bouillie infecte. Des autres il sortait des becs, des griffes et une membrane bleutée. Elle examina tout soigneusement avec un bâton.

C'est ainsi que Tomas l'avait trouvée. Il avait été terriblement furieux et l'avait traînée jusqu'à Stine.

— Papa, papa ! Il faut qu'il vienne ! avait-elle crié en piétinant le plancher.

Elle avait tellement peur qu'elle en claquait des dents.

C'est alors que Stine avait fait ce que personne n'attendait. Elle l'avait prise sur ses genoux et avait dit :

— Pauvre gosse !

Elle avait dégouliné de partout. Par en haut et par en bas. Elle était revenue à elle avec un morceau de bois dans la bouche. Trempée de sueur et grelottante sur le banc de l'annexe.

Stine était en train d'attacher un fil de laine grise à son poignet tout en récitant son Pater.

Il ne fallait surtout jamais perdre ce fil. Jamais.

Cela l'aiderait à supporter son mal. Cela l'empêcherait de se mordre la langue.

Le mal n'était pas dans le fil de laine, mais dans le fait qu'elle tombait.

Assise sur les genoux de Stine elle dessinait des oisillons morts. D'un rouge et d'un bleu violents. Elle allait mettre le dessin sur la commode du grand salon avec le portrait de la Karna morte. Comme ça ils auraient de la compagnie.

Stine lui avait chanté une histoire d'oiseaux libres qui volaient vers les nuages dans le noir de la nuit et donnaient des édredons aux petites filles pour dormir.

Le lendemain, papa était revenu. Quand on lui raconta l'histoire des eiders et la crise qui avait suivi, il déclara que le mieux était d'emmener Karna à Strandstedet avec lui.

Oline et les autres femmes s'étaient récriées devant tant de folie de la part d'un homme adulte.

— On est bien venus ensemble de Copenhague à Reinsnes, on peut donc aller aussi à Strandstedet. On trouvera bien une gouvernante, avait-il dit.

— On prendra le bateau et on se trouvera une Hanna, avait ajouté Karna.

Le silence s'était fait dans la pièce.

Mais il n'avait pas été envisagé de l'emmener dormir

à Strandstedet. Quand elle posait des questions, on lui répondait qu'il fallait d'abord qu'il gagne assez d'argent pour louer une maison et une bonne d'enfant.

En attendant il fallait qu'elle accepte qu'il dorme à Strandstedet très souvent.

Quand papa était absent trop longtemps, elle se recroquevillait sur elle-même. Ou encore elle s'abandonnait au chant de l'océan.

Il arrivait, quand elle en avait besoin, que la Karna du portrait sorte de son cadre et la touche. Non pas qu'elle y crût vraiment. Et cela n'arrivait jamais en présence de quelqu'un. Mais quand elle était en crise. Pour la faire revenir à elle.

Une fois qu'elle était en colère contre papa parce qu'il était obligé d'aller voir ses malades, elle lui avait dit qu'il était bien bête s'il croyait que c'était intéressant d'avoir une maman enfermée dans un cadre sur la commode.

Il avait été d'accord avec elle. Mais n'avait en rien changé ses projets.

Il n'y avait que lui pour se promener ainsi avec une grande sacoche noire remplie de petits flacons bruns et de charpie blanche comme neige, ou bien pour rester assis près d'une vitrine à soigner les gens.

N'empêche qu'il était bien à elle.

Elle avait compris qu'il préférait les dames aux messieurs. Il y avait quelque chose dans sa manière de les regarder. Dans sa voix. Elles venaient à Reinsnes quand elles savaient que le docteur y était.

Elle ne pensait pas qu'elles étaient toutes malades. Elles ne restaient pas longtemps.

S'il faisait beau il l'emmenait avec lui quand il partait en visite. Elle pouvait rester des heures à l'attendre, assise dans le bateau, pendant qu'il faisait sa tournée. Elle savait qu'il y avait toujours quelqu'un chargé de la surveiller, mais il se montrait rarement.

À un endroit il ne se trouvait qu'une cabane et une maison de Lapons.

Quand elle lui demanda pourquoi il n'y avait que deux maisons dans cette ferme, il lui répondit :

— Parce que ça coûte cher de construire.

— Pourquoi est-ce qu'on a tant de maisons à Reinsnes ?

— Parce qu'autrefois les gens de Reinsnes avaient de l'argent.

— Pourquoi t'as pas assez d'argent pour nous faire construire une maison à Strandstedet ?

— Parce que j' suis pas doué pour les affaires. Mais toi, tu le seras, juste comme la Dina.

— Pourquoi la Dina est pas à Reinsnes ?

— Parce qu'elle a eu envie de voir le monde.

— Et quand elle en aura fini ?

— J'en sais rien.

— Y a pas assez de bonnes femmes à Reinsnes. Tu peux pas lui demander de venir ?

— Je lui ai demandé.

— Alors t'as pas demandé assez fort !

— C'est possible, dit-il.

— Elle est gentille ?

Il réfléchit et eut un petit sourire rentré.

— Pas avec tout le monde. Avec moi, ça allait à peu près. Mais elle est sévère.

— Avec moi aussi ?

— Non, je ne pense pas.

— Alors tu peux lui redemander.

— Je vais essayer. Tu peux pas lui envoyer un dessin ?

— Un dessin des oisillons morts ?

— Non, des vivants.

— Ils ont de plus belles couleurs... ceux qui sont morts, affirma-t-elle.

Il lui fallait virer la voile. Elle devait alors se tenir tranquille sans parler. Mais cela lui avait donné le temps de réfléchir à ce qu'elle allait dire :

— J' crois bien que c'est parce que vous étiez pas gentils avec elle qu'elle est partie.

— Où as-tu pris ça ?

— Une idée comme ça.
— Et alors, qui aurait été méchant ?
— J'en sais rien.
— Certains sont ainsi faits qu'ils doivent partir, dit-il.
— T'es comme ça, toi ?
— Peut-être.
— Mais tu partiras pas !
Il ne répondit pas tout de suite.
Quand elle reprit sa respiration, mille aiguilles lui déchiraient la poitrine.
Le regard perdu sur l'océan, il dit :
— Je te préviendrai à l'avance.
Elle se leva alors et, attrapant des deux mains une des grosses pierres qui servaient de ballast, elle voulut sauter par-dessus bord.
Le bateau faillit chavirer quand il se jeta vers elle pour l'arrêter. Furieux, il poussait des jurons.
L'embarcation allait à la dérive puisqu'il avait lâché le gouvernail. Ils mirent un temps fou à reprendre du vent dans les voiles.
— T'es pas beau quand t'es en colère, dit-elle.
— Toi non plus quand tu veux sauter dans l'eau.
Et un peu plus tard :
— Allons, viens t'asseoir à côté de moi !
Elle se glissa vers l'arrière tout contre lui. Alors elle le sentit battre à tout rompre. Son cœur à lui.
— Papa, ton cœur est prêt à sauter au-dehors !
— Il a eu tellement peur de te perdre. Mais maintenant on tient le gouvernail ensemble.
Elle approuva de la tête.

Il régnait un silence inhabituel. Elle faisait même pipi sans aucun bruit.
Elle n'enfila pas les chaussons rangés sous le lit malgré le froid du plancher. Elle se contenta de pousser le pot, à l'écoute de la maison endormie. La fenêtre

faisait une tache grise dans la pièce. Même la mer était silencieuse.

Elle ouvrit la porte de la cuisine et aperçut la silhouette d'Oline au bout de la table. Elle était penchée sur sa tasse de café. Sur un côté, la joue posée sur un bras. Les bouts de ses pantoufles pointaient de chaque côté de la table.

Karna s'approcha par-derrière, voulant voir ce qu'Oline regardait de si près, au point de mettre sa tête sur la table.

Elle l'entoura de ses bras, essayant de voir ce que voyait Oline. Mais il n'y avait rien de spécial. Même pas un petit oiseau sur le plateau.

Le soleil du matin n'avait pas encore atteint le couvercle du puits et le garçon de ferme n'avait pas encore lâché les poules. La pluie de la nuit avait recouvert d'argent l'herbe autour du pigeonnier et les oiseaux qui nichaient dans l'allée se tenaient tranquilles. C'était peut-être encore la nuit ?

Elle s'appuya sur Oline, voulant grimper sur ses genoux.

C'est alors que la chose arriva. Oline s'étala comme une poupée de son. Le torse et le visage sur la table. Toute molle. Comme si elle dormait.

Karna la bouscula pour attirer son attention. Mais elle ne la regardait pas. Elle la bouscula encore une fois. Comme d'habitude, le doigt de Karna laissait une marque sur la peau d'Oline.

Cela fit grand bruit quand Oline s'étala à nouveau, glissant de l'escabeau sur lequel elle était assise. Les bras au-dessus de la tête, sans essayer de se retenir. Comme un bruit de claques sur une pâte à pain.

Quand sa tête tomba sur le sol les vitres tintèrent ainsi que les tasses sur la table.

Oline s'en fichait. Elle restait couchée. La maigre tresse grise de ses cheveux s'était défaite. Ça ressemblait à un petit plumeau, retenu par un fil blanc. Une de ses mains était retournée. Comme si elle attendait qu'on lui donne quelque chose.

Karna prit un gâteau sec et le lui mit dans la main, restant là, debout.

Mais Oline ne le prit pas vraiment. Elle la fixait d'en bas. Le regard étranger et la bouche entrouverte. Son visage se dessinait bien trop nettement.

Le cœur de Karna se mit à battre. D'abord assez vite. Ensuite à tout rompre. N'étant pas sûre de tenir sur ses jambes, elle s'allongea à côté d'Oline. Elle resta là, sans savoir combien de temps.

Elle finit par lever une main pour la poser sur la poitrine d'Oline.

C'est alors qu'elle ressentit le silence. Il était plus grand que le ciel. Même plus grand que le chant de l'océan.

LIVRE PREMIER

Mon péché n'appartient qu'à moi

Chapitre 1

> Du haut des cieux Yahvé regarde
> il voit tous les fils d'Adam...
> Lui seul forme leur cœur
> il discerne tous leurs actes.
>
> (Psaumes 33, 13 et 15.)

Elle n'était encore qu'un ballot de vêtements. Mais il avait déjà fait l'expérience de la volonté qui l'animait. Et du bruit infernal qu'elle produisait. Il en transpirait à grosses gouttes.

L'équipage ainsi que les autres passagers les évitaient. On leur laissait volontiers le salon pour eux seuls.

Elle n'avait fait que hurler pendant deux jours. La tempête s'était levée au cours de la troisième nuit. C'est alors qu'elle s'était endormie si profondément qu'il lui avait fallu la réveiller pour la nourrir. Du lait de vache coupé d'eau dans une tasse, cuillerée par cuillerée.

Cela prenait une demi-heure chaque fois. Il y avait un tel roulis qu'il était obligé de coincer la tasse entre ses genoux pour libérer ses deux mains. L'une pour tenir l'enfant, l'autre pour manœuvrer la cuillère.

Au bout de quelques jours les jambes de son pantalon se mirent à sentir l'aigre. Comme il ne sortait pas du salon, il était le seul à en ressentir du désagrément. C'était probablement cette odeur qui lui avait rappelé ses voyages avec Anders aux Lofoten. Le mal de mer. L'humiliation du baptême dans un tonneau rempli de foies de morues. Sa terreur quand on l'avait trempé dans la mer glacée.

La tempête s'était calmée et l'aide-cuisinier avait déclaré que le lait avait tourné. On pouvait difficilement le donner à un bébé. Il avait proposé de préparer une purée liquide à base de pommes de terre et d'eau.

Malgré une mer d'huile, l'enfant s'était mise à vomir toute la purée sur son père et à crier à en perdre la respiration. Finalement elle s'était tue, toute bleue. Les yeux révulsés comme une mourante, mais la bouche écumante de fureur.

Il avait été pris de panique, tout en essayant de se remémorer ce qu'il avait appris durant ses études et son internat à l'hôpital Frederik. Sur les nourrissons, leurs besoins et leurs colères.

Ce n'était pas grand-chose. Il la prit par les pieds et lui donna une tape sur le derrière. L'enfant reprit couleur et se calma. Cela ne dura qu'un instant. Dès qu'elle se retrouva en position sûre contre sa poitrine, les cris reprirent de plus belle.

S'il la posait sur la couchette, essayant de l'ignorer, cela ne faisait qu'empirer. Il ne pouvait pas la quitter une seconde.

S'il ne s'était pas trouvé dans une situation aussi pénible, il aurait pu se réjouir de sa capacité pulmonaire. Mais une autre pensée lui avait traversé l'esprit : et si elle se taisait à tout jamais ? En se disant immédiatement, pour arranger les choses : si seulement je l'avais laissée à Copenhague !

Se retrouver seul confronté à un enfant pareil n'était guère un sort enviable pour un homme.

Le 8 septembre était une belle journée ensoleillée. Le calendrier disait : S'il fait beau ce jour-là, l'automne sera beau.

En retard de trois jours sur la date fixée dans le télégramme expédié à Anders, il jeta une couverture sur le paquet hurlant et l'apporta sur le pont pour assister à l'entrée au port.

L'air de la terre avait dû l'assommer, car elle se taisait.

Et peu après, c'est avec un indescriptible soulagement que le jeune Benjamin Grønelv avait débarqué à Bergen, le pantalon puant de lait aigre et la portant sous le bras comme un colis. Curieusement, elle ne criait toujours pas.

Mais elle s'était remise à hurler dès qu'elle avait été placée contre la poitrine paternelle. Instinctivement il l'avait remise sous son bras. De là elle considérait avec gravité son environnement, les yeux ronds.

Emballée dans ses langes elle tendait bras et jambes, prête à s'envoler. Sa nuque s'efforçait de relever sa tête pour mieux voir. Elle retombait par moments sur sa poitrine pour se relever aussitôt.

Elle était bien obligée de suivre les mouvements de l'homme chaque fois qu'il se retournait. Mais l'expérience qu'elle en tirait devait lui plaire. Elle se tenait tranquille.

Cette manière de porter un bébé paraissait peut-être manquer de tendresse. Mais elle était efficace.

Hanna attendait dans la plus belle chambre de l'auberge. Le patron avait expliqué que la tempête avait retardé le bateau en provenance de Copenhague.

Le premier soir il lui avait servi lui-même dans sa chambre du chocolat chaud avec de la crème fouettée.

Hanna manquait d'expérience et ne savait guère comment prendre la chose. Mais quand il revint plus tard pour chercher la tasse, elle lui fit savoir à travers la porte qu'elle s'était couchée.

C'est ainsi qu'elle apprit qu'à Bergen, il est sage de fermer sa porte à clé.

Le lendemain soir, elle descendit à la cuisine chercher son chocolat.

— Pour que le patron ne se donne pas le mal de me le monter, expliqua-t-elle à la fille de cuisine ébahie.

De cette manière les choses furent remises à leur place.

Il se vengea cependant le lendemain au petit déjeuner.

— Une belle jeune femme du Nordland en voyage ? Toute seule ?

À sa mine on aurait pu croire qu'il la prenait pour une prisonnière en rupture de ban. Ou même pire.

Elle perdit contenance un instant. La tête basse, elle accusait le coup. Mais elle se reprit vite.

— Ah bon, parce que les dames de bonne famille à Bergen n'ont pas l'habitude des voyages ? Elles restent chez elles à se faner ?

— Non, madame, mais elles ne voyagent pas seules.

— Y a donc tant de forbans et de voleurs dans cette ville qu'une dame ne peut pas s'y déplacer ?

— Il y a certaines choses qui se font et d'autres qui ne se font pas, répliqua-t-il avec aigreur.

Mais quand elle raconta qu'elle était venue à la rencontre du docteur Benjamin Grønelv qui arrivait de Copenhague seul avec un bébé, l'attitude du patron changea. Il lui versa lui-même son café.

Grønelv ? C'était bien ça ? Il se souvenait bien de la grande et brune Dina Grønelv, de Reinsnes. Elle était veuve de Jacob Grønelv et avait épousé Anders, n'est-ce pas ? Elle jouait même du piano. Elle sortait de l'ordinaire ! Il s'en souvenait bien. Il s'était demandé pourquoi elle ne venait plus à Bergen.

— Alors t'es si vieux que tu te souviens de Jacob Grønelv ? lança Hanna.

L'homme s'était tu. Ses moustaches pointaient vers le bas et sa barbe soignée tremblotait sur son menton grassouillet.

— Dina Grønelv est pour l'instant à Berlin où elle joue du violoncelle. Elle est concertiste, annonça-t-elle.

D'avoir employé l'expression « concertiste » l'avait réjouie toute la journée.

En son for intérieur Hanna savait bien qu'elle ne faisait pas ce voyage uniquement pour Benjamin et son enfant. Quand Anders lui avait demandé d'aller à Bergen, elle y avait vu une possibilité de vivre une aventure. Comme envoyée par la Providence ! Son envie de voyage était plus grande que sa peur de l'inconnu.

Quand elle était devenue veuve et avait voulu enterrer son mari avec des couronnes de fleurs artificielles, comme c'était la coutume à Reinsnes, on lui avait fait remarquer qu'elle n'était que la fille d'une Lapone.

Une fois le pauvre Håkon porté en terre, elle avait trouvé prudent d'écrire à Anders. Lui demandant s'il était possible de revenir à Reinsnes pour donner un coup de main à la boutique. Et Anders lui avait envoyé un télégramme et un bateau pour la chercher.

Sa belle-mère avait alors changé d'avis et avait voulu la retenir, et Hanna lui avait répondu en la regardant droit dans les yeux :

— C'est pas seulement à Reinsnes que j'vais, j' crois bien que j'vais aller faire un tour jusqu'à Bergen.

Après son départ, le bruit avait couru qu'elle faisait tellement de manières qu'elle se mettait nue presque tous les jours derrière un paravent pour se laver dans tous les recoins. Même en hiver.

Et en fait, elle était partie à Bergen.

Elle avait pensé à lui. Benjamin. Qu'était-il devenu ? À quoi ressemblait-il ? Elle n'allait peut-être pas le reconnaître ?

La dernière fois qu'elle l'avait vu, elle n'était encore qu'une gamine qui avait à peine compris qu'ils n'étaient pas du même milieu, quoiqu'ils aient été élevés ensemble et aient reçu les mêmes livres d'école.

Anders avait dit qu'il était devenu docteur. Il avait appris à soigner tous les maux.

Hanna n'était pas du genre à se laisser impressionner. Mais le fait que Benjamin, celui qu'elle avait connu autrefois, ait réussi cet exploit, c'était quand même quelque chose.

Ses propres mérites ne comptaient guère, en comparaison.

Il y avait cinq ans de cela, un beau jour, un jeune pêcheur était venu à Reinsnes pour ses beaux yeux. C'était la première fois que cela lui arrivait.

Elle avait accepté de repartir avec lui pour les îles Lofoten et d'habiter avec des gens qu'elle ne connaissait pas. Le mariage avait été une sinistre cérémonie dans une énorme église en bois à moitié vide. La robe de mariée qu'elle avait confectionnée de ses propres mains avait eu l'air déplacée, tout autant qu'elle-même.

Le pasteur n'avait même pas été convié à partager le maigre bouillon qui avait suivi la cérémonie.

Par la suite, elle ressentait toujours un malaise à la seule vue d'un bouillon. Elle n'était pas arrivée à en avaler grand-chose ce jour-là non plus.

On ne pouvait pas lui reprocher d'avoir été élevée à Reinsnes. Elle savait se servir d'une fourchette et d'un couteau avec la même dextérité que les femmes des Lofoten montraient pour tresser leurs nattes. Elle avait mangé à la même table que le doyen, et fêté Noël avec la famille du commissaire.

On pouvait toujours se faire à l'idée que sa belle-famille ne possédait ni boutique, ni lustre pendu au plafond. Le pire c'était qu'il n'y avait même pas un rayonnage sur lequel ranger ses livres.

Elle n'avait pas fait d'histoires, et s'était contentée de mettre ses livres dans un tiroir de commode, pour les en sortir quand elle en avait le temps. On disait alors que c'était vraiment du temps perdu.

— C'est pas seulement les bras qui ont besoin de travailler, la tête aussi ! s'entêtait-elle à dire.

Et il fallait bien reconnaître que le travail, ça ne lui faisait pas peur.

Il arrivait que sa belle-mère lui demandât quelque

chose qu'elle avait déjà fait. Hanna ne disait alors rien. Elle se contentait de pointer un doigt sur l'objet. Si la belle-mère réitérait sa question parce qu'elle n'avait pas vu son geste, alors elle s'asseyait.

De cette manière tout le monde se rendait compte à quel point il était rare de voir Hanna assise.

À Storvågan on n'avait jamais vu une bonne femme pétrir la pâte à pain tout en lisant un livre posé sur l'appui de la fenêtre. Les jours de beau temps, Hanna allait faire ses courses, un livre ouvert dans une main et son panier à provisions dans l'autre. Cela ne voulait pas dire qu'elle était muette. Bien au contraire ! C'est aussi à Reinsnes qu'elle avait appris à s'exprimer. Si elle était d'humeur à cela, les mots lui venaient tout naturellement. Par exemple pour raconter comment on décorait un bateau et comment on s'habillait pour aller à l'église. Si on était né à Reinsnes. Ou encore comment on préparait le poisson.

Personne au grand jamais n'avait appris aux femmes de Storvågan à préparer le cabillaud !

Sa belle-mère mettait tout dans la même casserole : œufs de poisson, foie et chair de poisson. C'est ainsi que ses ancêtres avaient subsisté, génération après génération. Et cela faisait faire des économies de combustible.

Hanna, elle, faisait cuire chaque ingrédient à part et présentait la chair et les œufs de poisson sur des serviettes blanches pliées. De cette façon un simple repas demandait ensuite toute une lessive. C'était inadmissible.

Quand on lui en fit la remarque, elle se mit hardiment à raconter comment le commissaire Holm, lui, exigeait qu'on lui présentât le poisson. Il lui fallait une casserole spéciale pour le foie, cuit avec de l'oignon haché. Quant à Anders, il fallait lui changer son assiette pour les œufs de poisson, il ne supportait pas qu'ils fussent mélangés au jus du poisson. Il les voulait chauds et secs. Uniquement accompagnés de beurre et de galettes craquantes.

La première année de son séjour elle demanda où se trouvaient les plates-bandes d'herbes aromatiques. Elle voulait y planter les graines que Stine lui avait données. Sa belle-mère poussa un grognement de mépris, mais cela n'empêcha pas Hanna d'enfiler ses bottes et, munie d'une pelle, de se mettre à creuser la terre. Son mari, trouvant cela gênant, vint à sa rescousse et mit un grillage pour tenir les moutons à l'écart.

L'été venu, ce furent les parfums de Stine qui dominèrent. Les odeurs de guano et d'algues pourrissantes rencontrèrent de sérieux concurrents.

La belle-mère capitula. Mais en silence. Et dans les réunions de femmes, où elle aurait pu trouver des interlocutrices sensées, elle parlait « des herbes à Hanna ».

Mais, curieusement, dès le printemps suivant, deux bonnes femmes se mirent à gratter la maigre terre qui se trouvait entre leurs groseilliers et l'étable et demandèrent des graines à Hanna. Elles s'amusèrent à comparer leurs plantations au cours de l'été.

Elles étaient bien d'accord sur le fait que ça n'était d'aucune utilité. Mais les géraniums en pots sur l'appui des fenêtres ne servaient pas à grand-chose non plus.

Hanna s'était si bien familiarisée avec Bergen qu'elle était arrivée à faire toutes les commissions marquées sur la liste. Elle était aussi allée voir l'une des relations d'affaires d'Anders pour demander que la facture pour les cordages et les outils soit étalée sur trois versements à trois mois d'intervalle.

Ignorant que cela indiquait qu'ils étaient en difficultés, elle avait accompli cette tâche avec tout le naturel requis pour obtenir gain de cause.

Elle avait aussi une autre tâche, la plus importante de toutes. Avec Stine, elles avaient fait des économies pour acheter une machine à coudre. C'était l'occasion ou jamais.

Le vendeur la laissa en essayer plusieurs. Il cousait, lui aussi, bien que n'étant qu'un homme. C'était comme ça à Bergen. Il parlait tout le temps des avantages des différentes machines, impossible d'avoir la paix. Mais ils finirent par se mettre d'accord sur une véritable « Hamilton » brevetée.

Le couvercle devait être solide, expliquait Hanna, à cause du long voyage en perspective. Et il fallait la faire livrer à son auberge.

Il n'y aurait aucun problème, du moment qu'elle payait comptant.

Elle eut alors du mal à saisir la raison pour laquelle une machine à coudre se faisait plus difficile à livrer quand elle n'était pas payée comptant. Mais c'était encore une de ces choses dont elle n'avait pas l'habitude, là d'où elle venait.

Elle avait vu des machines à coudre en vente ailleurs. Ce vendeur arrogant la mettait mal à l'aise. Mais elle s'était ressaisie et avait déclaré qu'elle la paierait comptant si on lui faisait une réduction de 5 % sur le prix et si la machine était livrée directement au vapeur le jour de son départ.

L'homme leva les yeux au ciel. Comme s'il faisait ses comptes dans sa tête. Puis il acquiesça d'un signe de tête condescendant.

Il n'avait pas l'air très satisfait, et elle s'en réjouit.

Chapitre 2

Une petite silhouette habillée de sombre fit son entrée. Comme en dansant. Et deux yeux noirs en forme d'amande se posèrent sur lui.

Benjamin se tenait devant le comptoir de la réception à l'auberge, son paquet sous le bras.

— Hanna ! s'écria-t-il.

Et comme dans les jeux de leur enfance, comme s'ils s'étaient vus chaque jour, elle répondit sur un ton presque grognon :

— J'ai eu l'idée de v'nir faire un tour.

Il en avait plein les jambes de cette longue traversée. Entouré de malles et de valises, il se sentait incroyablement épuisé.

Elle avait décidé à l'avance de ce qu'elle allait dire. Lui n'était pas préparé. Quand ils étaient enfants, c'était juste le genre de situation qui le mettait en fureur et le poussait à lui tirer les nattes.

Maintenant il en ressentait un soulagement. De la joie. Que ce soit elle qui soit venue à sa rencontre.

Elle n'avait pas beaucoup changé. D'aspect tout au moins. Cependant elle était différente. Quelque chose dans sa manière d'être. Son port de tête. Sa bouche. Un entêtement qui lui faisait serrer la mâchoire. Comme si elle avait oublié de rire depuis qu'ils s'étaient quittés.

Mais elle était dorée. Il avait oublié à quel point Hanna était dorée.

D'une certaine manière c'était la première fois qu'il

la regardait. À Reinsnes elle était seulement là. Comme tout le reste.

C'était plutôt lui qui avait changé.

— Ah bon, comme ça, t'es par hasard en promenade, dit-il en riant, passant au norvégien sans même s'en rendre compte[1].

Elle ne riait pas. Elle se contenta d'approcher en lui tendant la main.

Le bébé poussa un cri comme si on l'avait piqué avec une grosse aiguille à repriser. Il l'installa sur sa hanche tout en attirant Hanna vers lui de son bras libre.

Il posa un instant son front contre le sien, un peu honteux de l'émotion qu'il ressentait.

L'homme derrière le comptoir les dévisageait.

— Elle est en bonne santé, à c' qui paraît, dit-elle.

— Meilleure que son père, avoua-t-il.

Elle prit calmement le bébé dans ses bras.

Soulagé de ce poids, il en perdit presque l'équilibre. Il dut s'appuyer sur Hanna pour ne pas tomber.

— Qu'un si petit être puisse peser si lourd, dit-il, gêné.

— Comment s'appelle-t-elle ?

— Karna.

Hanna considérait le petit visage.

— Karna ? Pourquoi pas ? Faudra bien qu'Oline s'y fasse.

Il dormit presque vingt-quatre heures d'affilée. Réveillé par le soleil du soir qui filtrait à travers la fenêtre et par une inquiétude teintée de cauchemar. C'était le silence !

Avant même d'ouvrir les yeux, il chercha le paquet en tâtonnant.

— Karna !

Le son de sa propre voix le ramena à la réalité. Il

---

1. Le norvégien et le danois sont deux langues si proches que ce sont surtout l'intonation et la prononciation qui les différencient l'une de l'autre. (*N.d.T.*)

retomba sur l'oreiller et s'étira. Fermant les yeux, il soupira de soulagement.

Hanna était là.

Il leur restait encore trois jours avant le départ du bateau.

Benjamin voulait faire l'achat d'un landau comme il en avait vu à Copenhague. Un panier muni d'une capote et de roues.

Hanna pensait que ce genre de dispositif n'était pas de très grande utilité à Reinsnes. Mais une fois qu'ils en avaient fait l'emplette, Hanna poussant le landau sur les pavés de la rue eut une crispation de la bouche. C'était une sorte de sourire.

— C'est complètement ridicule, mais c'est amusant quand même, remarqua-t-elle.

Benjamin n'avait pas l'air de s'inquiéter des loques dont la grand-mère avait habillé Karna.

Mais sur ce point Hanna resta inflexible.

— Tu vas quand même pas revenir avec la petite en haillons ?

Ils finirent par acheter un trousseau à Karna dans un magasin de bonneterie fine pour une somme qui dépassait les possibilités de Benjamin. Mais Anders avait mis une certaine somme à la disposition de Hanna pour couvrir ses frais de voyage.

La vendeuse les prit pour un couple avec leur premier-né. Ils ne protestèrent pas. Après coup, ils n'en firent pas mention.

Sur le chemin du retour vers l'auberge Hanna se pencha sur le landau.

— Enfin te voilà convenable ! dit-elle en arrangeant le bonnet de dentelle de Karna. Elle a des yeux étonnants. Tu as vu ? Si on n'avait pas la certitude du contraire, on pourrait croire qu'elle est de la famille de Tomas.

Il sentit la rougeur lui monter jusqu'aux oreilles. Mais Hanna ne le regardait pas. Elle avait le regard fixé sur les yeux grands ouverts de Karna, l'un bleu et l'autre brun.

— Enfin, elle verra tout aussi bien avec les yeux qu'elle a.

— Il pleut ! dit Benjamin en se mettant à marcher.

Il voulut aller voir Karna avant de se coucher. Il frappa à la porte et reçut en réponse un hésitant « Entrez ! »

Hanna était assise sur son lit avec l'enfant sur les genoux. Seulement vêtue de sa jupe et d'une camisole.

— Passe-moi ma blouse ! dit-elle sans le regarder.

Il attrapa la blouse sur une chaise. Il sentait le tremblement de ses mains. Rien n'était comme avant. Ils n'étaient plus des enfants qui pouvaient se promener à moitié nus l'un devant l'autre.

Des souvenirs de leur enfance s'installaient entre eux. De jeux interdits.

Il lui tendit la blouse d'un geste rapide en évitant de toucher sa main. Elle posa l'enfant endormie sur le lit et s'habilla. Il essayait de regarder ailleurs sans y parvenir.

— J'avais oublié comme tu as la peau dorée, dit-il avec gaucherie.

Une fois sa blouse boutonnée, elle se leva et mit l'enfant dans le landau. Il la suivait du regard. La légèreté de ses mouvements. Ses mains de travailleuse qui ne s'harmonisaient guère avec sa taille si fine, son dos si mince.

Elle resta penchée sur le landau. La courbe de ses hanches. Sa taille. Il avala sa salive. Il se sentait ému, en quelque sorte.

Affairée, elle replia quelques articles de layette et tapota l'édredon autour de l'enfant.

Il se sentait lourd. Il lui fallait contrôler sa respiration.

Comme si elle avait conscience du regard qu'il posait sur elle, elle se retourna et se redressa.

— Tu peux t'asseoir, dit-elle d'un ton étonnamment neutre.

Ils s'assirent chacun sur une chaise. Il contemplait ses mains. Au bout d'un certain temps il se racla la gorge et dit :

— Merci d'être venue à notre rencontre !

Elle battit des cils. Puis les mots vinrent. Rapides et audacieux.

— Tu as annoncé par télégramme l'existence de cet enfant sans mère. Mais à Reinsnes personne ne savait que t'étais marié.

— Non ?

— La mère, elle est... ?

— Morte.

Le mot semblait creux. Comme s'il mentait.

— En laissant un si petit... ? Comment ?

— Ne pose pas de questions... pas maintenant...

Elle s'affaissa légèrement. Puis elle releva le menton. Il s'en rendait compte. Elle se sentait blessée.

Il se pencha en avant vers elle.

— Hanna ?

— Oui ?

— J'aurais aimé dormir auprès de toi...

Son visage avait changé d'expression, tordu jusqu'à la laideur, quand elle redressa la tête dans un mouvement de négation.

— Pardonne-moi ! Je... Bon Dieu, nous n'avons plus dix ans ! Pardonne-moi ! supplia-t-il.

Le silence. Il ne savait quoi en faire. Elle enfila ses mains dans les manches ouvertes de sa blouse, serrant ses bras autour de son torse dans un mouvement frileux.

— Tu vas te coucher tout de suite ? murmura-t-il.

— C'est pas obligatoire.

Elle était assise toute droite, les genoux serrés.

L'enfant poussa un grognement dans sa voiture. Il lui jeta un coup d'œil et se mit à le bercer. Il essaya un sourire vers Hanna, qui ne le lui rendit pas.

— Parle-moi de celui avec qui tu t'es mariée, dit-il en se rasseyant.

— Il est mort lui aussi, coupa-t-elle.
Il comprit qu'elle lui rendait la monnaie de sa pièce.
— Je vais quand même pas rentrer à Reinsnes en ignorant tout ? Même de toi ?
Elle hésitait. Contemplant avec intérêt un trou dans la couverture. Faisant glisser dessus son index dans un mouvement circulaire.
— Håkon, l'était pêcheur. Il avait pas de bateau à lui. L'avait une petite ferme. Deux vaches, huit moutons. Un brave gars... Ça s'est trouvé comme ça. On s'est mariés. On a eu un gosse, un gars. On lui a donné le nom de son grand-père qui s'est perdu en mer. Isak. L'avait un an quand Håkon s'est aussi noyé. C'est comme ça qu'ils meurent dans cette famille. Les hommes. Ils se noient.
— Isak ? Quel âge a-t-il maintenant ?
— Trois ans. Il est tout le temps derrière Tomas à farfouiller la terre. P't-être que ça lui évitera la noyade...
Elle s'arrêta, un peu gênée. Il ne lui arrivait pas souvent d'en dire autant sur elle-même et sur sa vie.
— Et elle... ta femme ?
— On n'était pas mariés, répondit-il sèchement.
— Pas mariés ?
— Non.
— Dieu du ciel !
Elle passa ses deux mains sur son visage en tirant la peau vers la racine de ses cheveux, tout en se balançant d'avant en arrière.
— La petite ! Faudra demander au doyen de prier pour elle, Benjamin !
Il fit signe que oui. De telles idées ne lui seraient pas venues à Copenhague. Mais c'était peut-être quand même le mieux.

Le vapeur *Michael Krohn* entrait dans le chenal.
Sur le monticule, le drapeau avait été hissé et pendait

mollement. Le vent de terre avait repoussé la brume vers la mer, si bien que la visibilité était bonne. Deux entrepôts, deux quais et la boutique, moins fraîchement peints que dans son souvenir. Le vent du sud-ouest avait donné un ton gris aux rives des toitures et aux parois et les portes étaient closes.

Au bout de l'allée trônait la grande maison dans tout ce vert, entourée de bâtiments rouges et blancs. La cour se présentait comme un damier dont tous les pions étaient soigneusement rangés à leur place. Au milieu s'élevaient le puits et le pigeonnier. Auprès d'eux, le toit d'ardoise grise de la grande maison et la série des fenêtres d'un brillant mat, tandis que le toit de tourbe des communs ressemblait à une grosse motte d'herbe. Le jaune ocre de l'annexe, avec sa véranda vers la mer, dérangeait l'ordre rouge et blanc des bâtiments.

Plus haut les couleurs de l'automne tiraient le paysage vers la montagne. Les sorbiers de l'allée étaient jaunes et portaient des baies rouges. Le jardin avait tous les tons de vert et de jaune. Il apercevait le pavillon entre les arbres.

La cheminée au-dessus de la cuisine fumait et la cloche du garde-manger sonnait. On l'attendait donc.

Bien sûr, il s'était réjoui de cet instant. À Copenhague, il se l'était imaginé. Le souvenir aidant.

Mais c'était quand même plus qu'il n'en pouvait supporter. Il dut se détourner pour s'essuyer les yeux.

Cependant, plus il approchait, plus les bâtiments se décoloraient. Le toit de l'entrepôt d'Andreas avait l'air en mauvais état. L'automne était plus avancé qu'il ne le paraissait de loin. Tout ce vert tournait au jaune et au brun.

D'une certaine manière, cela facilitait tout. Que la réalité chasse le rêve. Cela évitait à un homme dans la force de l'âge de fondre en larmes.

C'est Tomas qui vint les chercher en bateau.

Il s'y attendait. Ils étaient assis face à face, conversant du voyage, de tout et de rien.

Les questions que posait Tomas ne demandaient pas de réponses compliquées. Il considérait l'enfant un peu comme une marchandise fragile. Qu'il pût exister une mère quelque part était visiblement hors de son centre d'intérêt.

Le retour de Hanna lui avait valu un bonjour, bienvenue à la maison, un point c'est tout. Son attention était fixée sur le transport des bagages et le côté pratique de sa tâche : celui de manœuvrer un bateau à rames.

Benjamin avait oublié. L'homme et son bateau. Son travail. Son sens pratique. Son mutisme plein de fierté.

Lui-même ne représentait guère un modèle de virilité dans ce coin du monde. Son séjour à l'étranger pour devenir médecin était ici plutôt considéré comme une période d'oisiveté. Et le fait qu'on avait coutume de soulever sa casquette pour saluer le docteur était suffisant pour créer une certaine animosité.

Les mains de Tomas empoignant solidement les avirons. Portant plusieurs écorchures et gerçures. Il avait tellement cligné des yeux au soleil et au vent que les rides avaient laissé de profonds sillons blancs tout autour. Il manquait un bouton à sa vareuse de drap. Il l'avait remplacé par un clou. Sa chevelure rousse striée de gris était ébouriffée au vent. Son regard brun et bleu était direct. Mais ne révélait rien.

Il y avait quelques semaines, quand elle lui avait dit que Tomas était son père, il avait demandé : Pourquoi Tomas ?

Et elle lui avait répondu par une autre question : Pourquoi Karna ?

Ses mots allaient maintenant à la rencontre du clapotis gris des vagues.

Personne n'avait commenté la couleur des yeux de Karna. Pas même Oline.

Cela voulait-il dire que tout le monde savait et gardait le silence ? Ou bien ne faisait-on pas attention à ce qui était l'évidence même ?

N'empêche que l'enfant fut accueillie comme un

précieux trésor. Et la corbeille munie de roues et d'une capote ? Avait-on jamais vu son pareil ? On caressait la couverture de satin rose. On remontait et on redescendait la capote. On berçait et on promenait.

Le petit Isak pouvait contenir son enthousiasme. Jusqu'à présent le giron confortable d'Oline et des autres femmes lui avait été réservé. Maintenant il fallait se contenter des durs genoux masculins dans un nuage de tabac.

Tandis que Karna passait de bras en bras. Provoquant l'admiration et l'intérêt, on la pesait sur la balance de la cuisine, on la mesurait et on notait les chiffres.

Les femmes hochaient la tête, lui qui était docteur et qui était son père ne l'avait jamais fait. Pour savoir si elle avait été suffisamment nourrie pendant ce long voyage. Avait-elle souffert de diarrhée ? de toux ? d'éruption ? de jaunisse ? de maladies plus graves ?

Quand Oline apprit qu'il ne l'avait pas baptisée avant de s'embarquer sur les océans avec elle, elle se mit à sangloter.

Il lui fallut alors aller chercher la Bible de Dina et la cuvette en porcelaine dans la salle. Anders dut changer sa blouse de travail contre sa chemise des dimanches. Il fallait à tous prix procéder à un baptême hâtif pour sauver la petite de tout le mal qui pourrait lui arriver.

Et Oline n'était même pas sûre que cela suffit pour éviter toute condamnation céleste. Benjamin dut promettre de faire baptiser l'enfant à l'église aussi. Et Hanna de la porter sur les fonts baptismaux.

Chapitre 3

L'année qui suivit l'arrivée de Benjamin et de Karna à Reinsnes, la pêche au hareng fut d'une richesse incroyable. Anders avait baptisé la petite sa Providence et pensait que ça allait durer. En tout cas encore un an ou deux, pour lui permettre de rembourser une partie de sa dette envers les commerçants de Bergen.

Mais dès l'année suivante, la chance tourna. Et en 1875, la mer était vide. Le hareng avait totalement disparu. Les seines restaient accrochées la plupart du temps et n'étaient même pas payées. Il ne fallait pas penser à les vendre. Qui les aurait achetées quand il n'y avait pas de hareng ?

C'est alors qu'un jeune homme venu de la côte nue et désolée de Senja fit son apparition. Il se présenta comme W. Olaisen et il était bon danseur. Même les filles des militants de la ligue antialcoolique dansaient avec lui.

Durant un an il avait rempli les fonctions d'expéditionnaire quand le vapeur était à quai à Strandstedet. Ensuite il s'était mis à acheter petit à petit des rochers le long de la côte à Sundet, pour y faire sécher la morue salée.

Il était trop jeune et trop bel homme pour qu'on l'imagine faire autre chose qu'accueillir le vapeur. Les hommes disaient qu'il ne ramait pas trop mal, mais avait du mal à manœuvrer les colis lourds. En plus, il s'habillait avec élégance tous les jours de la semaine.

Pendant longtemps on ne fit que se moquer de ce blanc-bec. Comme si tout était si simple ! Comme s'il n'y avait qu'à quitter un écueil en plein vent et venir s'installer ici.

N'empêche qu'on lui vendait des rochers pour pas grand-chose. Et on se demandait d'où lui venait l'argent.

Il vint un jour voir Anders pour lui acheter des rochers. Il proposa même de lui reprendre ses seines pour une somme modique. À condition qu'on lui cède des rochers !

Anders, qui depuis longtemps se sentait fatigué et perdait la vue, saisit l'occasion. Les projets qu'il avait avec les rochers de Strandstedet avaient échoué.

Wilfred Olaisen obtint rochers et seines pour un prix satisfaisant pour l'un comme pour l'autre.

Benjamin entendit parler de cette vente. Mais il n'avait aucune raison de douter qu'Anders eût pris une bonne décision.

Lui-même n'avait pas l'énergie d'exiger un paiement pour les pilules, les pansements et l'iode. Et Anders trouvait que la bonté devait avoir des limites, sinon il risquait de ne pas arriver à joindre les deux bouts.

Ce qu'il taisait, c'est que Benjamin n'avait guère hérité le sens des affaires de Dina. Il ne parlait jamais de Dina, si on ne lui posait pas de question.

Dans ce cas il répondait sèchement : Merci, elle va très bien ! Elle va peut-être venir faire un tour cet été.

Les étés avaient passé les uns après les autres. Il y avait longtemps qu'on ne lui posait plus la question.

Le vieux commissaire, comme on l'appelait, passait son temps à nettoyer ses fusils à Fagernesset. Mais il faisait toujours beaucoup de bruit. Surtout depuis qu'il était devenu sourd.

Il n'était ni méchant ni dangereux. Mais il était impossible de poursuivre une conversation avec lui. Ce qui avait toujours été le cas, pensait Benjamin. Il se souvenait de son grand-père comme d'un fléau tonitruant qui faisait partie des festivités de Noël et autres réunions familiales.

Quand Dagny et le commissaire vinrent à Reinsnes pour examiner le docteur tout frais émoulu et la petite Karna, Benjamin se rendit compte que son grand-père parlait encore plus fort et avait de plus mauvaises manières que dans son souvenir.

Bien sûr c'était un vieux monsieur qui n'avait plus toute sa tête. Mais il se tenait encore droit comme un i, avec une carrure imposante, dégageant de loin une odeur de cigare. Et chaque fois qu'il rencontrait Anders il lui donnait l'ordre d'aller chercher Dina à Berlin. C'était pénible, pas seulement pour Anders, mais pour tout le monde.

Il exigeait aussi qu'Anders agrandisse la maison des maîtres en faisant construire une véranda sur la façade donnant sur la mer. Dans un grand domaine, si l'annexe habitée par le personnel était pourvue d'une véranda, il fallait que la maison des maîtres en ait une deux fois plus grande. Si ce n'était pas pitoyable, ce manque, soulignait-il.

Le problème des vérandas était le cadet des soucis d'Anders.

Benjamin, pensant venir à la rescousse, fit remarquer qu'une construction en verre ne s'harmonisait guère avec l'architecture de la maison.

— Bêtises ! cria le commissaire, et il ajouta que les gens au Danemark ne connaissaient rien aux besoins des gens du Nordland.

» Vous verrez quand vous serez vieux et quand vous aurez besoin de vous tenir au chaud et au sec pour contempler la mer. Vous regretterez alors de ne pas avoir de véranda. Dina, elle, elle s'y connaissait.

Il parlait de Dina comme on parle des disparus.

Benjamin lui rappela que Dina n'avait pas trouvé nécessaire d'ajouter une véranda à la grande maison.

— Bêtises ! cria le commissaire. Elle n'en a pas eu le temps !

C'est alors qu'Anders intervint avec fermeté, demandant aux convives de se servir avant de quitter la table. Et comme toujours, quand Anders se décidait à prendre la parole en présence du commissaire, c'était avec autorité et sans élever la voix.

Ainsi tout le monde changea de sujet. Y compris le commissaire.

Dagny ne s'adressait qu'à Benjamin et insistait pour qu'il vienne à Fagernesset.

Il prétexta les nombreuses visites que son métier lui imposait, le besoin qu'il avait de rester le plus possible tranquille quand il le pouvait.

Dagny ne le lâchait pas. Elle l'accaparait. Comme toujours, alors qu'elle était d'une correction glacée avec le reste de la famille.

Depuis que ses fils pouvaient vivre sans elle, elle avait passé un été sur deux dans sa famille à Bergen. Pour suivre ce qui arrivait dans le monde, comme elle disait.

Benjamin se souvenait d'elle quand il était gamin. Elle évoquait une langueur excitante dont il n'avait parlé à personne. Il se rapprocha d'elle en lui parlant à voix basse et il remarqua que cela ne lui était pas indifférent.

Attablé à côté d'elle, il pensa : elle attend la mort de son mari. Et il ne lui vint pas à l'idée d'en être choqué. Le commissaire était cardiaque depuis longtemps. Par ailleurs il avait une santé de fer.

Quand il en fit la remarque plus tard à Anders, celui-ci lui répondit :

— Ce n'est pas seulement au sens physique que son cœur lui fait défaut, c'est aussi au sens figuré. C'est ce qui le maintient en vie.

Le commissaire Holm dut abandonner la partie au printemps suivant. Son cœur s'arrêta de battre un jour, dans le bateau qui l'emmenait au marché.

Il cesserait donc de gronder après sa fille qui ne donnait aucun signe de vie.

Il n'y avait jamais manqué. Le dernier Noël, quand ils dansaient sans musique autour de l'arbre de Noël, il n'avait pas pu s'empêcher, avec force larmes et cris, de donner l'ordre à Anders d'aller chercher Dina.

Comme toujours, Anders avait supporté cela avec patience.

Mais enfin maintenant on aurait la paix.

Benjamin écrivit à Dina pour lui annoncer la mort du commissaire. Il lui parlait de Reinsnes, d'Anders et des autres, de Karna et de lui-même. De ses projets de location d'un cabinet à Strandstedet pour y exercer son métier. On avait besoin d'un médecin, mais les clients qui pouvaient payer n'étaient pas nombreux. Par contre, le nombre de vendeurs et d'artisans ne faisait que croître et embellir. La boutique de Reinsnes était aussi vide de marchandises que d'acheteurs. C'est pourquoi Hanna s'était installée comme couturière à Strandstedet.

Il écrivit aussi à Aksel. À l'adresse de ses parents au Danemark. Sur un ton léger et insouciant, l'invitant à venir à Reinsnes quand bon lui semblerait.

Aksel répondit de Berlin, racontant qu'il essayait de se faire une clientèle privée. Ce n'était pas facile. Il aurait préféré travailler dans un hôpital. Approfondir ses connaissances. Mais c'était difficile. Il n'avait pas les brillants diplômes de Benjamin. Et il fallait aussi posséder la langue.

Comme s'il s'agissait d'une simple connaissance commune, il ajoutait que Dina habitait un grand appartement dans un beau quartier. Lui-même louait une petite chambre dans une pension de famille à proximité.

Une jalousie absurde poussa Benjamin à rejeter la lettre à moitié lue.

Sa mère vivait avec son meilleur ami, à peine plus âgé que lui. Au moins quinze ans de différence. Et qui plus est : elle laissait à Aksel le soin de le raconter. Ce n'était pas très reluisant.

Mais bon Dieu, qu'est-ce qui arrivera le jour où elle en aura assez de lui ? Ou encore pire : le jour où il en aura assez d'elle ?

Il reprit la lecture de la lettre.

En tout cas Aksel faisait comprendre qu'ils n'habitaient pas ensemble. Ce n'était donc pas un scandale officiel.

De peur que la lettre d'Aksel ne tombe entre les mains d'Anders, il la jeta dans le poêle. Il regarda les flammes la détruire et se mit aussitôt à lui répondre.

Ce n'était qu'une ridicule mise en garde contre une vie de péché et d'adultère.

Après l'avoir relue, il en fit une petite balle dure qui lui laissa des marques d'encre dans la main. Il n'allait quand même pas faire la morale à Aksel ? Lui !

Quelques jours après, il écrivit une lettre insouciante à Aksel, comme s'ils étaient toujours étudiants. Comme s'ils n'avaient d'autres préoccupations que celles qu'ils recherchaient.

Il le chargeait de saluer Dina. S'il la rencontrait.

Chapitre 4

Le bureau avait un aspect brunâtre et usé. Il sentait le tabac, le papier et la laque. Personne ne viendrait les déranger ici. La boutique était vide. Il ne restait que quelques marchandises poussiéreuses laissées pour compte sur les étagères et dans les tiroirs. Des choses qui ne se détérioraient pas. Qui pouvaient servir un jour. Du fil poissé et des cure-pipes. Des verres à lampe et de la toile cirée fanée en rouleaux.

Anders s'était préparé depuis quelques jours à ce qu'il allait dire. À présent, Benjamin et lui étaient installés avec chacun son verre de rhum.

— Il s'agit du mauvais état des finances, entama-t-il avec un sourire bon enfant.

S'il avait bien compris, Benjamin voulait s'installer à Strandstedet avec Karna et une gouvernante ? Il se sentait forcé de donner son avis. C'était matériellement impossible.

Benjamin ne savait trop comment prendre la chose. Il n'était plus un gamin qu'on pouvait réprimander selon l'humeur du moment.

En effet, il projetait de s'établir à Strandstedet. Il en avait parlé avec le médecin de l'administration du district. On avait besoin d'un médecin en plus. C'était certain.

Anders ne doutait pas qu'on ait besoin de Benjamin. Il avait bien vu qu'il était demandé et respecté. Tout cela était parfait. Mais ça ne faisait guère vivre son homme, tant qu'il ne se faisait pas payer.

Oui, Anders le disait carrément : il avait l'impression de gérer un bien dont personne, autre que lui, ne se souciait.

C'était un franc-parler inhabituel de la part d'Anders.

Ne rencontrant aucune opposition de l'autre côté de la table, il se lança dans le plus long discours jamais prononcé depuis la raclée flanquée aux pêcheurs qui avaient infligé un châtiment corporel à Benjamin, autrefois aux Lofoten.

Le hareng avait de nouveau disparu. Depuis 64 il n'était plus possible de transporter le poisson comme autrefois en échange de marchandises. Ils réclamaient tous de l'argent comptant tout de suite. Autrement ils s'adressaient à un autre revendeur. Et cet argent, il y avait longtemps qu'ils avaient cessé de le dépenser à la boutique de Reinsnes. Ils allaient n'importe où maintenant.

Et Anders devait faire des avances avant même d'avoir vendu le poisson ! Il était seul responsable de la qualité de la marchandise. À Bergen, le poisson refusé était à sa perte.

Et puis il y avait ces sacrés vapeurs ! Ils prenaient tout le transport et étaient précis comme des pendules, par n'importe quel temps.

Des boutiquiers s'installaient partout. À Strandstedet, le long du chenal et sur les îles. N'importe qui pouvait faire du commerce. Si le port avait été plus profond à Reinsnes, il aurait, malgré cette saleté de cécité, joué sur une seule carte. Il se serait acheté un vapeur et se serait mis au transport des voyageurs et des marchandises.

Il n'y avait pas que Reinsnes qui souffrait des temps modernes. C'était la même chose pour de nombreux comptoirs commerciaux. Mais si Benjamin croyait que c'était une consolation, il se trompait !

Les pêcheurs des Lofoten vendaient leur poisson frais à des revendeurs qui le salaient. C'était ce que faisaient des parvenus comme Olaisen. Mais lui il était jeune, il avait de bons yeux et un salaire fixe en plus.

Des types comme ça faisaient travailler les femmes et les enfants comme des bêtes de somme. Pas pour le vivre et le couvert, mais pour de l'argent.

Benjamin lui rappela qu'il avait vendu des rochers. Cela avait-il été bien sage ?

Anders eut un sourire amer et se mit à décrire ce qu'il fallait pour transformer un patron de caboteur aveugle en baron de la morue séchée. Et qui plus est : la maison des maîtres et les entrepôts avaient besoin d'être repeints. En tout cas côté sud-ouest. Outils et cordages étaient achetés à crédit à Bergen. La voile du cotre était en mauvais état.

Les gens engagés pour la récolte ne se contentaient plus de la nourriture et d'une pièce de tissu, ils voulaient de l'argent comptant. Il était arrivé à payer la provision de sel, mais pas toute la farine.

Lui-même n'était plus de grande utilité sur le cotre. Il fallait engager un autre capitaine pour aller à Bergen. Les gens qui vivaient et travaillaient à Reinsnes, on ne pouvait pas les renvoyer. Où iraient-ils ?

La ferme et les animaux étaient en bonnes mains avec Tomas. Les comptes, il avait essayé de les tenir, mais ce n'était guère l'affaire d'un aveugle. Du reste, il n'était pas doué pour ce genre de travail. Il était avant tout un marin.

— Mais toi, Benjamin, qui as appris tant de choses, tu peux bien jeter un coup d'œil sur ces chiffres ? conclut-il en reposant avec bruit son verre sur la table.

Benjamin avait écouté ce long discours fulminant. Il secoua la tête.

— Faut engager un comptable pour s'occuper de tout ça, dit-il.

— Encore un qu'il faudra payer comptant ? Non ! Y a pas que les comptes. Il nous faut aussi des rentrées.

Ce docteur si savant n'avait-il pas compris la gravité de la situation ?

— Comprends-tu bien où nous en sommes ?

— Bien sûr... Mais on est quand même pas en faillite ?

— Plus ou moins, dit Anders sèchement.
— Alors faut réunir nos efforts et prier pour une bonne pêche.
— Le travail, c'est plus mon rayon que la prière, dit Anders.

Benjamin pensait qu'il fallait mettre Tomas dans la confidence.

Anders considérait le plancher. On n'avait pas l'habitude de faire part des difficultés économiques aux employés.

— Autrefois oui, je suppose que Tomas n'était jamais qu'un employé, dit Benjamin.

Leurs yeux se croisèrent.

Anders marmonna qu'il était peut-être un peu vieux jeu. C'était Tomas qui dirigeait la ferme. Les revenus n'étaient pas énormes, mais solides. Pas tellement en argent comptant, mais en provisions et autres produits de première nécessité.

— As-tu calculé ce que ça coûterait si on devait acheter tout pour l'entretien de toute la maisonnée ?

Non, Anders ne l'avait pas calculé.

— Bon, alors on met Tomas dans le coup et on essaie de trouver où on peut faire des économies ou gagner quelque chose.

On envoya chercher Tomas.

Cela prit du temps. Il lui fallait terminer une tâche, se laver et changer de chemise. Tomas soignait sa tenue en compagnie de gens qui n'avaient pas les mains sales. Mais il n'alla pas jusqu'à se raser.

S'il était surpris d'apprendre la triste situation dans laquelle se trouvait Reinsnes, il n'en montra rien. Il se tut seulement un moment. Puis il dit :

— Vaut mieux compter sur la morue que sur le hareng. On peut découvrir des rochers au sud du hangar. Il y a des quantités de rochers seulement recouverts de mousse et de bruyère. Si on commence dès maintenant, le vent du sud-ouest les lavera gratuitement avant le début de la saison. Et du reste tu as des rochers à

Strandstedet. On se servira du cotre pour acheter la morue aux Lofoten et on la fera sécher nous-mêmes sur les rochers.

— J'ai vendu les rochers de Strandstedet à Wilfred Olaisen, dit Anders d'un ton sec.

Tomas réfléchit, mais se reprit vite.

— J' crois que les rochers à Reinsnes sont mieux placés. On est plus près des pêcheurs. En plus on a les quais et la place pour héberger ceux qui vont travailler...

— J' vois que c'est pas moi le plus fort, dit Anders.

— Mais si on laissait Tomas essayer ?

Benjamin n'était pas à son aise dans son rôle de médiateur.

Mais pour Tomas l'incroyable était arrivé. Il était installé dans le bureau, en train de discuter l'avenir de Reinsnes. On décida qu'il engagerait quelques gamins pour nettoyer les rochers moyennant une petite pièce. Aux frais d'Anders. Ensuite, il achèterait le poisson et engagerait des gens. À ses propres frais.

Tomas souriait quand il rentra pour le dîner. Et il lui restait un sourire dans les yeux le lendemain aussi. Il avait tant d'idées à mettre en ordre. Il ne se souvenait pas d'avoir jamais autant pensé. De l'argent ! C'était bien autre chose que l'élevage des bœufs et le labourage.

Il lui arrivait parfois d'avoir une bonne idée pendant qu'il conduisait la charrue. Il lui fallait alors rentrer pour se laver. Et ensuite aller au bureau retrouver Anders qui étudiait des listes à la loupe.

Chapitre 5

Un jour en mars on vint chercher Benjamin pour l'amener voir quatre petits malades dans une métairie éloignée. Les parents avaient cru pendant plusieurs jours qu'il ne s'agissait que d'un rhume ordinaire. Mais durant les dernières heures l'état du plus petit avait empiré à tel point qu'on avait fait venir le docteur.

Benjamin constata une forte fièvre, une éruption et un dépôt blanc sur la langue. L'enfant était très faible et avait un cerne blanc caractéristique autour de la bouche.

— C'est la scarlatine, dit-il en donnant de brèves instructions sur la marche à suivre.

Le petit était si mal qu'il trouva plus prudent de rester en espérant une amélioration.

Mais il ne pouvait rien faire, et l'enfant mourut dans la soirée. Pendant tout le temps passé assis à son chevet, ce n'était pas l'enfant étranger qu'il voyait, mais c'était Karna. Quand ce fut fini, il n'arriva même pas à se consoler lui-même.

Jusque tard dans la soirée il lui fallut piétiner pendant des heures dans la neige tôlée avant de pouvoir retrouver la chaleur et la lumière à Reinsnes. Il n'avait qu'un seul désir : se laver, manger, dormir.

Bergljot lui monta l'eau chaude et *La Gazette de Tromsø* dans la salle, comme à l'habitude. Ce soir-là une lettre glissa du journal. Portant une grande écriture droite. Et il reconnut son écriture. L'écriture d'Anna.

Il revoyait la scène humiliante des adieux. En même temps il se sentait submergé par l'excitation. Perdant le souffle, comme après une longue course. Sentant les battements de son pouls un peu partout. Dans la bouche. Dans les oreilles.

Il se força à ouvrir lentement l'enveloppe. Avec un coupe-papier.

L'encre s'étalait sous ses yeux. Les lettres étaient des codes secrets, unies les unes aux autres par des traits irréguliers et indociles.

Il retrouva son calme. Essaya de lire. Crut comprendre qu'elle avait été contente de recevoir sa lettre. Pas un mot sur la triste soirée. Pas un reproche. Même pas un sous-entendu.

Comme si elle avait décidé de le considérer comme n'importe qui ? Ou bien pour lui donner la chance de recommencer à zéro ? N'était-elle qu'une jeune fille polie ? La fille bien élevée du professeur ?

Il ne s'endormit pas avant l'aube. La première chose qu'il fit au réveil, ce fut de reprendre la lettre.

Par la suite les lettres d'Anna furent le câble qui le reliait au reste du monde. Un moment d'évasion au milieu des tâches journalières.

C'était à elle qu'il confiait régulièrement ses difficultés, ses joies, les petites histoires quotidiennes, comme à un journal intime. Il évitait les formules qui pouvaient faire penser à un soupirant éconduit. Ou les déclarations d'amour. Quelque chose lui disait que c'était une sage décision.

Il n'envoyait pas les pages qui, à la relecture, semblaient menacer l'équilibre. Il les remplaçait par quelques lignes sur Karna. Quelques faits amusants. Mais il gardait pour lui le sentiment qu'il avait de sa paternité, et d'être condamné à vivre à Reinsnes.

Par contre il racontait certains événements tragiques auxquels il avait participé. Par exemple la scarlatine qui avait emporté trois des enfants de la métairie. Pour qu'elle ne trouve pas sa vie trop triste, il ajoutait une plaisanterie sur l'insuffisance de ses talents. Cela faisait bien, pensait-il en se relisant.

Il lui arrivait d'avouer son envie de partir. Mais il n'allait pas jusqu'à dire à quel point cette envie était forte.

Au début, elle ne répondit pas toujours régulièrement. Et elle restait sur la réserve, elle ne lui montrait pas la même confiance.

Mais petit à petit elle devint plus confiante. Même s'il sentait qu'elle ne s'abandonnait jamais vraiment.

Était-ce la distance ?

Il lui arrivait quelquefois de penser à elle comme à quelqu'un qu'il n'avait jamais rencontré. Qu'il aimerait rencontrer ? Dont il rêvait ? Elle faisait partie de ses pensées. Ainsi elle était constamment avec lui.

Le reste ne comptait pas.

Elle ne faisait jamais allusion à la dernière période si pénible. La rupture. Elle ne citait jamais le nom d'Aksel. Cependant elle racontait avec beaucoup de vivacité un voyage en Angleterre et en Écosse. Le piano qu'elle enseignait et les concerts qu'elle avait donnés. Dont deux publics à Copenhague.

Il reçut deux lettres d'elle pendant qu'elle habitait chez une tante à Londres. Elle parlait d'un Écossais qu'elle avait rencontré. Elle y revint à plusieurs reprises.

Il répondit immédiatement, comme dans un accès de fièvre. Il lui demandait de réfléchir. Cet homme était-il vraiment l'homme de sa vie ? Il ne fallait pas se laisser prendre par la crainte stupide de rester vieille fille.

Il l'entendait rire à travers les lignes, dans sa réponse. Elle n'avait aucune intention de se marier avec un Écossais. En tout cas pas celui dont il était question. Dont l'intérêt principal était l'argent et les jeux de mots. Elle ne le supportait qu'à petites doses. Il pouvait alors être très amusant.

Mais on ne ramenait pas un Écossais chez soi. Peu d'hommes sont faits pour l'exportation, écrivait-elle.

Il relisait ses lettres, sans arrêt. Parfois à haute voix pour Anders. Un passage par-ci, par-là pour le plaisir de les partager avec quelqu'un.

C'est ainsi qu'Anders apprit l'existence d'Anna, sans poser de questions. Il riait doucement, se souvenait de certaines phrases d'Anna et s'amusait à les répéter.

« Peu d'hommes sont faits pour l'exportation. » Comme s'il s'agissait de stockfisch, ajouta-t-il.

Ou encore : « La nourriture des Anglais explique leur impérialisme. Leur cruauté se situe dans leurs intestins. »

— Sans pareil. Hé hé.

Benjamin mettait des croix dans le calendrier. Le jour où arrivait une lettre. La marque d'une nouvelle ère. Une marque sur laquelle il pouvait revenir quand il en avait envie. Juste comme les lettres.

Mais il lui fallait alors être seul.

Dans un moment d'intimité avec Anders, il avait essayé d'exprimer ses pensées. Ils étaient dans la cabine du caboteur qui était ancré à quai.

— On n'a pas beaucoup de succès auprès des femmes, ni toi, ni moi...

Anders le regardait à travers la fumée de sa pipe.

— Dis donc, attends donc que la barbe te pousse avant de conclure. Mais en ce qui me concerne, les jeux sont faits.

— Tu crois qu'elle ne reviendra jamais ?

— Qu'est-ce qu'elle ferait ici, grand Dieu ?

— Tu es là. Y a Reinsnes. Karna.

— Tu f'rais mieux de reprendre un verre pour t'éclaircir les idées, petit.

Son ton moqueur et imperturbable mit Benjamin dans une rage folle. Comme si cet homme décidait lui-même de son arrêt de mort et en était fier. Dina aurait-elle réagi avec la même rage ?

— Je lui ai écrit et je lui ai demandé de venir pour

décider de ce qu'on va faire de Reinsnes, dit-il brutalement.

Anders nettoyait sa pipe. Puis il la bourra de tabac. Il prenait son temps. Une fois la chose faite, il se mit à l'allumer. Il la suça. Il l'enleva de sa bouche pour la contempler d'un air soupçonneux. Elle n'avait pas pris. Il recommença. Toujours rien. Il s'arma alors d'un gros clou qui était dans la boîte à tabac et la vida à nouveau. Cela faisait un tas brunâtre dans la boîte qu'il contemplait avec intérêt.

— Bien, bien, on peut toujours croire aux miracles.

Puis il posa sa pipe et leur versa une nouvelle rasade de rhum.

Benjamin continuait à louer deux pièces chez le cordonnier à Strandstedet. C'est là qu'il donnait des consultations deux fois par semaine quand le temps permettait de sortir en barque.

Il reconnaissait qu'il n'était pas un marin-né. Mais Anders avait raison quand il prétendait que même un travail pour lequel on n'a pas grand enthousiasme peut devenir une routine.

Il s'était habitué à passer des heures solitaires en mer par tous les temps. Ainsi il n'avait aucun témoin quand les grosses vagues qui déferlaient vers Senja ou Andsfjord menaçaient sa virilité. Ou bien quand le docteur gémissait en ramant contre le vent à en faire éclater les ampoules de ses paumes.

Il avait un bon bateau. Mais il ne fallait pas beaucoup d'écume sur la mer pour lui donner la nostalgie de Copenhague. En fait il projetait une retraite. Ailleurs. Loin.

Le temps de ses études lui paraissait avoir été une fête continuelle. Sa vie comme médecin, coincée entre des écueils, lui donnait souvent la sensation d'être vieux et usé par la vie.

Si le temps était assez calme pour lui permettre de rester assis sous la voile à réfléchir paisiblement, il projetait d'aller se spécialiser à Copenhague ou en Allemagne.

Il y avait aussi une troisième voie : la maternité à Bergen. C'était peut-être là son destin ? Aider les enfants à venir au monde. Aider les femmes.

Il lui arrivait de décider d'une date à laquelle envoyer sa demande. Mais il suffisait d'un coup de vent pour tout gâcher. Ou alors le projet se perdait dans le regard brun et bleu de Karna, quand elle venait à sa rencontre sur le quai.

Elles allaient le consulter. Les femmes. Jeunes ou vieilles. Demandant des conseils. Des médicaments. En hiver elles étaient quasi invisibles sous tous leurs vêtements. En été il remarquait quelquefois un regard. Un grain de beauté. Un sourire. Une mèche de cheveux. Mais pour lui, elles n'étaient pas réelles. Elles n'étaient que des cas. Il fallait bien qu'il les touche. Qu'il les console. Il advenait qu'il sente la chaleur d'une peau. Il se tenait alors immédiatement sur ses gardes. Il n'était là que pour leur rendre service.

S'il passait la soirée à Strandstedet, parfois il s'aventurait ailleurs que là où se trouvaient ses patients. Dans de ridicules fêtes de charité au profit d'une œuvre quelconque. Ou dans le club littéraire du rédacteur du journal local. Il les écoutait lire un roman à haute voix.

Mais Strandstedet n'était pas Copenhague. On ne flânait pas en robe d'été sous les arbres. On n'entendait aucun talon claquer sur les pavés. Il essayait de se rappeler des situations, des faits, certaines scènes. Toujours peuplées de femmes à l'abri de grands chapeaux. Lui tournant le dos. Avec ce mouvement ondoyant des hanches. Le Créateur était un sacré débauché, c'était sûr !

L'amour ?

Le Nordland était un désert. En tout cas pour lui.

Il alla voir Hanna un beau jour. Elle louait deux pièces dans une maison de bois blanc près du télégraphe.

Il ne l'avait pas vue depuis plusieurs mois. Elle se rendait rarement à Reinsnes.

Elle était venue le consulter une fois à son cabinet pour demander du sirop pour la toux d'Isak. Elle était assise dans la salle d'attente comme si elle ne le connaissait pas plus que ça.

Elle se tenait à l'écart. Ou bien était-ce lui ?

Visiblement surprise, elle le reçut dans le petit salon derrière l'atelier de couture. C'était un endroit plaisant, mais on y était à l'étroit.

Elle offrit du café et des biscuits et se mit à bâtir un corsage.

Il savait qu'elle travaillait dur pour joindre les deux bouts. Il lui était arrivé de glisser quelques billets à Stine pour qu'elle les donne à Hanna sans lui dire d'où ils venaient.

Maintenant, il n'aimait pas y penser. Comme s'il avait essayé d'acheter quelque chose.

Ils parlèrent d'abord des enfants. Il avait apporté un soldat de plomb pour Isak.

— Il est en train de jouer au bord de l'eau, dit-elle.

Quelques jours auparavant il avait emmené Isak avec lui dans son bateau. Il faisait beau et il devait de toute façon revenir à Strandstedet le soir même. Le gamin traînait là tout seul près de son bateau amarré. Quand il lui demanda s'il voulait aller avec lui, il répondit sagement qu'il allait d'abord prévenir Hanna. Il essayait de cacher à quel point il était content.

Ils avaient parlé du vaste monde qui se cache derrière la ligne d'horizon et du panaris que Benjamin venait d'ouvrir devant lui.

L'enfant était plus ouvert au monde que sa mère. Mais c'était curieusement son œuvre. Là où d'autres auraient surprotégé et gâté l'enfant, Hanna avait choisi de lâcher la bride à Isak. Elle l'envoyait faire des courses, suivre le docteur dans ses visites, ramer dans le port et rendre visite aux forgerons le long de la côte.

C'était Isak qui avait dévoilé l'existence de l'expéditionnaire de la compagnie maritime.

— Y procure des clientes à maman. Y connaît tant de monde.

— Ah bon ?

— Y dit qu'on peut aller habiter chez lui. Y veut qu'on s' marie.

— Tu l'as entendu dire ça ?

— Entendu, entendu... j'ai compris que'que chose dans ce genre, oui ! J'étais au lit, mais j' pouvais pas dormir.

— Et qu'est-ce qu'elle a répondu, ta mère ? demanda-t-il avec une légèreté feinte.

— J'ai pas entendu. Mais elle a eu une broche en cadeau.

Il avait envie de raconter à Hanna sa virée avec Isak. C'est alors qu'il fut conscient de la broche au ras du cou. Ou était-ce le contraire ?

Il se décida à faire une remarque sur la broche.

— L'expéditionnaire avait ça qui ne servait à rien, dans un tiroir... Mais je ne l'ai pas encore payée.

Il choisit un ton moqueur :

— L'expéditionnaire a quand même les moyens de t'offrir une broche ?

Elle restait sur ses gardes. Parlant vite. Olaisen voulait construire un quai pour le vapeur.

— Un quai ?

Elle raconta avec encore plus de volubilité qu'il avait hérité d'un oncle en Amérique.

— Tu le vois souvent ?

— De temps en temps. Isak l'aime bien.

— Et toi ?

— Moi ? dit-elle en laissant tomber son ouvrage.

— C'est sérieux ?

— Tu veux dire s'il s'est déclaré ?

— Oui, quelque chose dans le genre.

Elle fixait sa couture. Elle faisait des boutonnières. Elle bouclait ses nœuds dans un mouvement précis et rapide, comme avec haine.

— Toi aussi tu veux que je fasse une fin ?

— Non, c'est juste une question. On est comme frère et sœur.
— Comme frère et sœur ?

Ses doigts s'étaient arrêtés. Puis l'aiguille dessina un cercle pour aller chercher le fil du nœud suivant. Elle avait repris son travail. Elle ne faisait que piquer.

— Non, on n'est pas frère et sœur. On a eu bien des choses en commun. Mais on n'est pas frère et sœur ! Moi je suis la bâtarde d'une Lapone. Toi tu es le fils de Reinsnes qui est allé à Copenhague pour devenir docteur.

Il avait envie de lui dire de qui il était le fils en vérité. Qu'il tenait à elle. Mais il n'en fit rien.

— Qui a parlé de Lapone ?

Il n'arrivait pas à prononcer le mot « bâtarde ».

— Ma belle-mère.
— C'est une drôle de belle-mère.
— En effet, c'est bien pour ça que je suis ici à coudre pour la bonne société.
— Tu es amère ?
— De quoi ?
— De la vie en général ?
— Non, ça servirait à quoi ?
— Moi, ça m'arrive quelquefois.
— Toi ? Enfin, ce qui compte c'est pas ce qui arrive, mais la manière dont on prend les choses.

Il ne trouvait aucune raison d'approfondir la question.

Au bout d'un moment, elle dit dans un souffle :
— Il s'est déclaré.

Il ressentit comme une sorte de malaise.
— Ah bon ?

Elle le regardait droit dans les yeux.
— Qu'est-ce que je dois répondre ?
— Ce que ton cœur te dicte, c'est la seule chose qui compte, dit-il.
— En effet, tu en sais quelque chose ?

Hanna n'y allait pas par quatre chemins. Il fallait faire attention.

— Il y aura bien un moyen, sans pour ça...
— Pendant des semaines j'attends d'être payée pour ma couture, parce que j'ai peur de dire que j'ai besoin de cet argent. Peur que ces belles dames se fâchent et ne reviennent plus m'apporter leurs étoffes.

Il se leva. Se plaça derrière elle.

Comme si sa proximité la brûlait, elle sauta sur ses pieds et déposa son ouvrage sur la table.

— Tu t'en vas maintenant ? dit-elle.

Avant même de savoir ce qu'il faisait, il l'avait entourée de ses bras. Depuis des siècles il n'avait tenu dans ses bras que la petite Karna et des malades.

Cette sensation de tiédeur. Cette peau vivante et fraîche. Il enfonçait son visage dans le creux de son cou. La broche de Wilfred Olaisen lui piqua la joue.

Il resserra ses bras plus étroitement autour de son corps.

Elle resta un instant sans bouger, comme incrédule à ce qui se passait. Puis elle libéra ses mains et les posa sur son visage. Le levant vers elle, elle le regarda dans les yeux.

Il désirait être près d'elle. C'était seulement ça qu'il voulait. Il murmura son nom. Sa bouche se promenait sur son cou et ses joues. Il la tenait serrée contre lui.

Elle sembla alors prendre une décision. Elle s'arracha et recula jusqu'au mur. Elle le fixait tout en reprenant sa respiration, comme si elle avait fait un gros effort.

— Faut que tu saches que j'ai pas les moyens de jouer à ce jeu-là, Benjamin. L'enjeu est trop gros pour moi. Quant à nous deux..., elle s'interrompit d'un mouvement décidé et redressa le col de sa robe de ses doigts tremblants.

Il alla vers elle et reprit sans se méfier :
— Quant à nous deux ?

C'est alors qu'elle frappa avec violence le mur de son poing.

Il s'arrêta au beau milieu du plancher et en considéra la peinture usée.

— Pardonne-moi. Cela ne se reproduira pas, dit-il.

Elle appuya son front et ses paumes sur le mur. Les larmes perlaient sous ses paupières baissées.

Il attendit, sans savoir trop quoi. Elle s'était refermée sur elle-même. Il attrapa sa vareuse accrochée au mur. En tira trois billets de son portefeuille et les déposa sur la table, prit sa sacoche et s'en alla.

Isak se promenait à marée basse en étudiant les mystères des vers cachés dans le sable.

Il lui ébouriffa les cheveux et essaya son bateau fait de planches dans une flaque entre les rochers. Le gamin bavardait et racontait qu'il irait faire un tour à Reinsnes quand sa mère aurait fini sa couture.

— Tu peux bien venir tout seul, dit Benjamin en lui donnant une tape sur l'épaule.

— Maintenant, tout de suite ?

— Non, pas aujourd'hui...

Sa main posée sur l'épaule du gamin devint gourde. Comme s'il avait eu froid très longtemps et avait perdu toute sensibilité.

Isak renversa la tête en arrière et le regarda. Avec confiance. Et avec gravité, il hocha la tête. Comme un homme, il empoigna le bateau et le poussa sur les pierres, et garda la main levée en signe d'adieu jusqu'à ce qu'il eût disparu derrière le cap.

Il se mit à ramer avec ardeur. Puis la voile se gonfla d'un sacré petit vent. Ça allait à toute allure ! Il remonta ses rames et s'installa au gouvernail.

Comme bien souvent auparavant, Aksel lui manquait. Quelqu'un avec qui parler. À qui demander conseil. Avec qui être en désaccord. Avec qui se battre.

Ce n'était pas un sentiment de nostalgie aiguë, ni une obsession comme l'était Anna. C'était plutôt une impression de manque, comme on manquerait d'un pardessus chaud. La bière et les bistros ! L'insouciance qui donnait un certain répit.

Et s'il tenait bon jusqu'à la fin de l'été, et puis s'en allait tout bonnement ? Comme Dina ?

Il discutait avec lui-même. Karna était encore petite. Et puis il y avait sa maladie. Qui s'occuperait d'elle ? Lui expliquerait ? La consolerait ?

Pourquoi ne pouvait-il pas faire comme les autres hommes ? Se trouver une femme prête à tout lui sacrifier ?

Chapitre 6

Le calendrier montrait qu'on était le 3 février 1876, à la mi-carême, et prédisait : « insufflera une vie nouvelle à tous pour le printemps ».

Ce jour-là arriva une lettre d'Anna, toute différente des autres.

Elle commençait par : Mon bon Benjamin. Et se terminait comme d'habitude par : Ton amie Anna. Mais il ne savait trop que penser de la lettre en elle-même. Elle acceptait de venir à Reinsnes, après toutes les invitations réitérées dans chacune de ses lettres : Viens à Reinsnes, Anna !

Il avait tellement l'habitude qu'elle n'y réponde pas ou qu'elle trouve une raison pratique pour un refus poli. Maintenant elle écrivait : Ma sœur Sophie et moi-même, nous arrivons !

Elle annonçait sur un ton nonchalant qu'elle venait d'éconduire un troisième prétendant, alors que Benjamin n'avait jamais entendu parler des deux premiers. Et elle ajoutait que chaque année, depuis leur séparation, elle avait résisté à l'envie de venir à Reinsnes.

Après ce dernier amoureux éconduit, ce qui avait surtout affligé sa mère, son père avait fini par dire qu'elle ferait mieux de partir dans le Nordland pour se débarrasser de ses vieux fantômes.

Elle n'hésitait pas à se moquer de l'inquiétude de ses parents à la voir devenir vieille fille.

Anna était donc toujours bien réelle.

Il se rendait compte qu'elle représentait surtout une

communauté spirituelle. Elle était sa confidente. Il avait en effet vécu une vie plus riche grâce aux lettres d'Anna.

Et la première chose qui lui vint à l'esprit c'est qu'il n'y aurait plus de lettres, à partir du moment où elle serait là.

Et maintenant, elle allait venir. Ainsi que Sophie ! Le choc était tel qu'il en retomba sur un des fauteuils de son cabinet.

Il regardait autour de lui cet endroit où il recevait ses patients. Qui lui paraissait aujourd'hui inhabituellement usé et brunâtre. La vitrine qui renfermait les instruments et les médicaments avait autrefois été blanche. Maintenant, la peinture était grise, et écaillée par grosses plaques. Il l'avait achetée d'occasion.

Le fauteuil sur lequel il était assis avait besoin d'être recouvert. Le rembourrage sortait des accoudoirs. Il était d'un brun-rouge douteux. En fait assez pratique pour les taches de sang. Mais paraîtrait probablement peu appétissant et peu hygiénique aux yeux d'Anna.

Le bureau était neuf. Il pouvait passer à la rigueur. Ainsi que son fauteuil et les deux chaises à barreaux. Mais on ne pouvait nier l'effet pitoyable que faisait ce cabinet de médecin installé dans une arrière-boutique.

On était en février. Que pouvait-il changer d'ici juin ?

Quel effet ferait Reinsnes sur Anna ?

L'été dernier on avait repeint en blanc la façade tournée vers la mer de la maison des maîtres. Mais la boutique était en piteux état, ainsi que l'un des entrepôts. Il y avait plusieurs vitres cassées dans le pavillon, et il manquait une planche au banc devant l'entrée. Tout à coup, il se souvint que le papier peint du salon était taché sous les fenêtres. Cela voulait donc dire que les fenêtres avaient besoin de mastic ?

Il déambulait de long en large sur le plancher usé, luttant contre un mal de tête diffus.

Où allait-il les installer ? Dans la plus grande chambre d'amis ? Non, elle était trop petite. Elles avaient probablement toute une garde-robe avec elles qui demandait de la place. Il lui faudrait leur céder la salle.

Mais comment les gens de la ferme allaient-ils prendre ça, qu'il déménage pour céder la place à Anna arrivant de Copenhague ? Ils allaient croire qu'il s'était déclaré et avait obtenu son consentement.

En s'inquiétant ainsi pour tous les détails, il évitait de réfléchir à l'essentiel. Au fait qu'Anna arrivait.

Oline allait sur ses soixante-dix-huit ans. Elle régentait la cuisine et la maisonnée de son tabouret à roulettes.

Depuis quelques années elle avait une blessure à une jambe qui ne voulait pas se cicatriser. Elle ne s'en plaignait pas, mais soupirait d'autant plus. Ses cheveux étaient à présent clairsemés. Elle les rassemblait tant bien que mal sur le sommet de la tête en un petit macaron tenu par trois épingles. Elle avait gardé une peau étonnamment lisse et fraîche. De lait et de miel, disait Anders quand il voulait la mettre de bonne humeur.

Elle acceptait le compliment. Mais ce n'était pas dans les habitudes d'Oline d'accepter des compliments venant de n'importe qui. Elle gardait les gens à distance et assenait ses commentaires impitoyables quand elle le jugeait utile.

Il lui arrivait de regarder à travers certaines personnes, comme si elles n'existaient pas. Et elle avait encore la vue bonne, au contraire d'Anders. Quant à ce dernier, ses cheveux continuaient de pousser dans tous les sens comme auparavant.

Benjamin attendit que la fille de cuisine soit sortie. Il vint alors s'asseoir au bout de la table.

— Oline, j' viens t' demander un conseil.
— Ah bon ?

Elle tourna le dos au poêle, assise sur son tabouret, et le considéra des pieds à la tête.

— Cet été, tu sais, on aura de la visite.

— Ah bon ?
— Une demoiselle... deux demoiselles de Copenhague.
Oline plissa la bouche et posa son index dessus. Depuis toujours ce geste signifiait qu'Oline réfléchissait.

Il la laissa perdue dans ses pensées un moment.
— Alors c'est pas n'importe qui ?
— En effet.

Elle croisa ses bras charnus sur sa poitrine et lui lança un regard amusé.
— Comment qu'elle s'appelle ?
— Anna Anger.
— Anna. Ça c'est un nom chrétien. Et qu'est-ce que cette Anna vient faire à Reinsnes ?

Benjamin rougit violemment.
— Sa sœur s'appelle Sophie. Elles viennent me rendre visite, répondit-il.

Oline fronça le front, mais ne releva pas la remarque.
— Y aura enfin de la visite pour le Benjamin. T'es assez grand pour recevoir des dames. Trente ans passés. Et père de famille sans femme. C'est bon pour personne de rester seul. Dieu l'a dit Lui-même.

Elle opinait fortement du bonnet. Comme si elle était en contact direct avec Notre Seigneur qui l'approuvait.
— Va-t-i y avoir des fiançailles ? continua-t-elle.
— Calme-toi, Oline. Ce n'est qu'une visite. Elle n'est jamais allée si loin dans le Nord. Ce sont les filles d'un de mes professeurs. Mais je voulais te demander un conseil...
— Une vraie fille de professeur ? Mon Dieu ! Qu'est-ce qu'elle mange ? Pauvre de moi ! Ça va être comme autrefois à Reinsnes. Du beau monde, des rôtis de veau et des repas de douze couverts. Et des dîners tardifs. Faudra engager une autre servante. Misère, comment va-t-on faire ? Y a si longtemps.

Elle était radieuse.
— J'ai seulement besoin d'un conseil.
— Un conseil ?

— Je crois qu'elles ont beaucoup de bagages. Les chambres d'amis sont bien petites.

— Les chambres d'amis ? Pour la fille d'un professeur avec ses malles, son carton à chapeaux et tout l' fourbi ? Non, faut que tu laisses la salle. Docteur ou pas. C'est du pareil au même. Faut lui donner la salle. T'as son portrait ?

— Non.

Oline soupira et toucha avec prudence le bandage qu'elle avait sur la jambe.

Benjamin soupira lui aussi.

— Elle est belle ?

— Oui. Sa sœur Sophie aussi.

— Ça, on s'en fiche. Anna, elle est gaie ?

— Je n'en sais rien.

— Belle. Mais pas très gaie ?

— Elle est surtout sérieuse la plupart du temps, avoua-t-il.

Il mit ensuite un zèle spécial à soigner sa blessure.

— J' sais pas comment j'ai fait pour sauver ma jambe quand t'étais pas là. Pour éviter qu'elle pourrisse. Mais qu'est-ce que je voulais dire... ? Elle le sait, Hanna ?

— Non, tu es la première.

— C'est pas mes affaires, mais si j'étais toi, j' lui dirais avant qu'elle l'apprenne par d'autres.

— Pourquoi donc ?

Oline le regardait, agenouillé devant elle en train de fixer son bandage.

— C'est une impression comme ça...

Le médecin du district l'avait fait appeler et il pensait qu'il s'agissait du rapport de santé. Le vieil homme n'aimait pas les paperasses et les énumérations qui se ressemblaient à se méprendre d'une année à l'autre l'ennuyaient. C'est ainsi que Benjamin s'était mis à l'aider dans sa tâche administrative. Surtout le long chapitre qui concernait « Les maladies dans le district » était fastidieux.

Benjamin monta vers la maison du docteur à Strandstedet. On servait souvent une collation et du punch chez le vieux docteur. L'hospitalité était le propre de la maison et la sagesse le propre de son maître. Cependant il était plus enclin à s'occuper des humains que des rapports administratifs.

Dès que Benjamin avait pris contact avec lui pour lui demander s'il pouvait ouvrir un cabinet, le vieil homme l'avait adopté. Et même bien plus encore. Il était visiblement reconnaissant à Benjamin de prendre en charge les visites à domicile. Il pouvait ainsi concentrer son activité à Strandstedet sans avoir besoin de se mouiller les pieds, comme il disait.

Il avait eu des difficultés avec la commission des pauvres quand il avait essayé, au nom de Benjamin, d'obtenir le remboursement de ses frais de transport. Ce qui avait provoqué une saine colère. Devant Benjamin et sa femme, il tenait des discours sur le manque de bon sens des élus de la commune.

Il y avait eu un échange de courriers compliqué entre lui et Pettersen, le président de la commission des pauvres. Aux dernières nouvelles ce dernier ne tolérerait aucune plainte portée devant le préfet.

Le médecin de l'administration répondit en demandant que le président de la commission date ses lettres, comme la coutume le voulait. Pettersen répliqua par retour du courrier qu'il ne tolérerait pas d'impertinences de la part d'un médecin de l'administration « qui avait à peine besoin de se chausser pour préparer les malades en détresse ».

Cette dernière phrase mit le docteur en joie. Il écrivit au préfet qu'il ne comprenait pas ce que voulait dire le président. Car cela devait reposer sur un malentendu qu'avec la permission du préfet il préférait ignorer, qu'il ait à « préparer » ses patients.

En arrivant chez le docteur, Benjamin s'attendait à la suite du feuilleton. Il apportait aussi les notes prises pour le rapport de santé.

Mais il était clair que le vieux docteur n'était pas à

l'aise. Son visage trahissait, à travers une barbe hirsute et grise, une sorte de rage refoulée. Des poils drus sortaient de ses grosses narines. Ce soir-là, ils semblaient plus récalcitrants que d'habitude à la lumière de la lampe.

Il leva son verre de punch vers Benjamin avec l'air de quelqu'un en train de boire le sang de son ennemi. Il avait donc reçu une réprimande du préfet pour avoir tourné en dérision la commission de la santé. Mais pour une raison ou pour une autre ses sarcasmes se faisaient attendre et Benjamin sortit son brouillon pour le rapport.

— Typhus exanthématique, fièvre typhoïde, méningite cérébro-spinale et varicelle : aucun cas. Scarlatine : quatre cas dont trois mortels. Rougeole : aucun cas. Dysenterie : aucun cas. Erysipèle : quatre cas dont deux mortels. Rubéole : deux cas légers à la ferme de Sørland. Maladies cutanées et gale très répandues dans les villages de pêcheurs...

Ici le vieux docteur l'arrêta d'un geste de la main.

— Ce soir, ce rapport de santé me rend malade ! Il attendra. J'ai reçu une lettre infâme de la capitale.

Benjamin reposa ses papiers et attendit.

— Oui, tu sais, là-bas dans le Sud on n'a pas toujours la tête sur les épaules...

— Et alors ?

— En effet ! Ils ont eu l'idée de mettre Benjamin Grønelv sur la liste des guérisseurs.

Au milieu de la fumée de cigare du docteur, son aimable épouse était en train de broder quelque chose de rond. Cela pouvait être une garniture de siège. Les couleurs allaient du brun au jaune.

Elle se leva, légère comme un elfe, et s'en alla. Elle restait toujours un moment avec eux avant d'aller se coucher. Benjamin eut le sentiment d'étouffer. Comme s'il l'avait offensée.

— Ils ont trouvé que tu n'avais pas le droit d'exercer la médecine parce que tu n'avais pas fait tes études en Norvège. Et ils m'ont désigné pour être ton bourreau !

Le diable les emporte ! On va protester ! entendit-il le docteur s'exclamer.

La tête de Benjamin se mit à bourdonner.

— Dis quelque chose, commanda le docteur après l'avoir examiné un bon moment.

— Pensez-vous que je n'aie pas droit à exercer la médecine parce que j'ai fait mes études à Copenhague ?

— Non, pas moi, mais à Kristiania on suit une politique strictement nationaliste. Des médecins norvégiens pour la Norvège.

— Mais je suis norvégien !

— Bien sûr ! Et probablement ayant fait de meilleures études que celles que tu aurais pu faire à Kristiania.

— Mais qu'est-ce qui ne va pas alors ?

— Ils disent que c'est la règle. La loi. Moi je dis que c'est du protectionnisme pur et simple.

— Ce n'est pas possible !

— J'ai bien peur que si. Il est impossible de se protéger contre la bêtise. Elle est partout. Dans le conseil municipal, dans la commission de la santé, à Kristiania... Mais on va protester. Je vais leur expliquer que je ne peux pas m'en sortir sans ton aide. On ne va pas se laisser faire !

Les bourdonnements dans la tête ne lâchaient pas Benjamin. Toutes ces années d'études à Copenhague. Étaient-elles en vain ? Est-ce qu'il suffisait de quelques bureaucrates idiots à Kristiania pour l'empêcher d'exercer un métier pour lequel il avait les meilleures qualifications ?

— Mais je t'avais prévenu à mon retour et...

— J'ai fait suivre ta demande et je croyais que tout était pour le mieux. La machine administrative tourne lentement, mais sans merci.

— Mais est-ce qu'ils n'ont pas fondé la faculté de médecine à Kristiania à l'aide de professeurs danois ?

— Incontestablement. Mais maintenant on est exclusivement norvégien. Avec des clystères norvégiens, du sérum norvégien, des flatulences norvégiennes, des morts norvégiens et des maladies vénériennes norvégiennes. Que le Diable les emporte ! Et leur flanque une bonne diarrhée bien norvégienne !

— Le Danemark et la Norvège étaient pendant longtemps un seul royaume. Je n'ai rien fait d'autre qu'étudier la médecine là-bas.

Le vieux docteur envoya un coup de pied dans le pied de son fauteuil et claqua de la langue, comme pour donner plus de poids à ses jurons.

— On aurait dû aider les Danois à Dybbøl... On s'est dérobés comme des lâches ! s'écria Benjamin.

— Ça n'arrangera rien si tu fais comme moi, au lieu de t'en tenir aux faits, jeune homme, grogna le vieux.

— Je n'ai plus de droits ! Qu'est-ce que je vais faire ?

— Protester contre cette décision ! Ça peut prendre du temps.

— Et en attendant ?

— En attendant je me porte garant que tu es sacrément compétent comme guérisseur ! dit le docteur en appelant sa femme Hélène sur un ton offensé, comme si c'était elle la fautive.

Elle arriva avec un nouveau punch.

Au bout d'un moment, après avoir trinqué, le vieux ajouta :

— Cela restera entre nous. Il n'y a aucune raison de gâcher ta renommée. On verra bien.

— Mais je ne peux pas pratiquer la médecine dans ces conditions, ce serait trop...

— Il te faudra bien t'y habituer ! On a besoin de toi ! Sans toi cet hiver, je ne serais pas resté ici. Ça, ils ne le comprennent pas à Kristiania. Là-bas on se déplace en fiacres nationaux et on pense des pensées nationales tandis que le cheval chie son crottin national. Ici dans le Nordland, tu vois, jeune homme, le crottin est balayé dans la mer. Des gens comme nous sont pris entre différents décrets nationalistes ! Crois-moi !

— J'ai plutôt envie d'aller me pendre.

— Conduis-toi comme un homme ! Sinon je vais

mourir avant qu'on ait fait appel. Et je serai remplacé par un quelconque idiot venant de Kristiania. Qui s'occupera de ton cas alors ?

Il n'arriva pas à rentrer à Reinsnes ce soir-là. Il coucha sur le lit étroit derrière son cabinet, sans pouvoir dormir.

Il avait oublié Anna. Maintenant elle lui revenait à l'esprit et rendait sa honte encore plus cuisante. Qu'est-ce qu'un guérisseur comme lui avait à offrir à la fille d'un professeur ?

Chapitre 7

Il arriva ce qu'Oline avait prévu. Hanna se rendit à Reinsnes à la Pentecôte pour apprendre la prochaine arrivée de la fille d'un professeur de Copenhague venant rendre visite au docteur.

La jeune servante perdait la respiration en délivrant son message. C'était pourquoi on avait mis de nouveaux rideaux à la salle.

Hanna monta dans sa chambre. Resta devant la fenêtre à contempler la côte. Ensuite elle se mit lentement à emballer les effets personnels qu'elle laissait à Reinsnes pour marquer son appartenance à la maisonnée, et avec eux, ses vieux rêves.

Cela ne demanda guère de temps. Elle avait pris une vieille valise de Dina. La fermeture en était abîmée, ainsi personne ne la revendiquerait.

Elle pensa d'abord s'en aller avant qu'il ne revienne. Mais elle ne pouvait pas décevoir Isak qui se réjouissait de cette visite. Aussi repoussa-t-elle la valise pleine sous son lit et elle se changea. Puis elle descendit à la cuisine pour demander si elle pouvait aider à quelque chose.

Oline l'observait. Elle donna ensuite des ordres sans poser de questions. Attendant qu'elles soient seules.

Bien sûr, Hanna savait que Benjamin attendait une amie de Copenhague. C'était bien son droit. La petite Karna avait besoin d'une mère et...

Plus Hanna parlait, plus sa voix prenait un ton ordinaire. Croyait-elle, penchée dans un coin au-dessus du plan de travail, en se frottant le visage. Puis elle se précipita vers la porte. Descendit l'allée vers la plage. On la vit là, recroquevillée contre le vent humide du sud-ouest.

Quand Hanna était arrivée, Benjamin faisait des visites dans les îles du Nord. Et quand il revint tard dans la soirée, tout le monde était couché.

Il alla à la cuisine pour se trouver quelque chose à manger.

Tout était silencieux. Les torchons essorés étaient mis à sécher sur un fil dans l'entrée de service. Cela sentait vaguement la lessive, comme toujours quand la cuisine était remise en ordre avant la nuit.

Oline l'avait entendu.

L'escalier qui montait dans la chambre des servantes passait, comme auparavant, au-dessus du lit d'Oline. Ainsi on pouvait en toute confiance envoyer les jeunes filles de bonne famille à Reinsnes pour apprendre à tenir une maison. Aucun amoureux ne pouvait monter inaperçu.

Il n'était pas question de faire une exception parce que c'était le docteur qui avait faim. Oline l'arrêta d'un geste quand il voulut monter pour réveiller une des servantes. On lui avait réservé un plateau recouvert d'une serviette, dans l'office.

Il sourit avec lassitude et lui souhaita bonne nuit.

Mais Oline n'avait pas dit son dernier mot. Elle était en colère.

— La nouvelle gamine de Strandstedet a annoncé la nouvelle à Hanna.

— La nouvelle ?

— L'arrivée de la demoiselle de Copenhague.

Il restait dans le chambranle de la porte.

— Ah bon.

— Elle en est malade !

— Malade ?

— Oui, que Dieu ait pitié de toi, pauvre pécheur ! dit Oline en se mouchant.

— Tu veux dire... qu'elle est malade ?

Oline fit un signe affirmatif de tout son corps. Puis elle se redressa dans son lit comme un lion de mer prêt à l'attaque.

— Va lui donner une consultation. Tout de suite !

— Tu veux dire maintenant ? Que j'aille dans sa chambre ?

— Elle a besoin d'un docteur.

Il oublia son plateau dans l'office. Tandis qu'Oline guettait les grincements des marches, il monta l'escalier et s'arrêta devant la porte de Hanna.

S'était-elle endormie ? Non, il entendit un léger bruit à l'intérieur.

Il frappa avec précaution.

Il entendit à peine un : Oui.

Et il se retrouva à l'intérieur et rencontra ses yeux incrédules.

— Oline a dit que tu étais malade, alors...

Elle ne répondait pas. Son regard sombre l'atteignait comme un coup en plein estomac.

Ce fut le médecin qui s'avança et s'assit au bord du lit. Posa sa main sur son front.

— Pas de fièvre, constata-t-il.

Elle le fixait d'un regard vide.

— Hanna... dit-il en lui tapotant la joue.

Alors elle attrapa sa main et la retint comme dans un étau.

— Va-t'en ! dit-elle durement. Oui, tu m' rends malade depuis l'enfance, quand tu t' couchais dans l'herbe avec l'Else Marie près de l'étable d'été. J'avais jamais pensé te le dire. Mais maintenant tu l' sais. Et quand ton amoureuse de Copenhague sera là, tu pourras te dire : maintenant ça la rend malade, là-bas à Strandstedet.

Hanna venait de perdre pied. Et c'était de sa faute.

Il ne le supportait pas. Il resta cependant assis.

— Hanna ! murmura-t-il au bout d'un moment.

Elle ne répondait pas.

— J'aurais pu dire qu'elle n'était pas ma fiancée et ça aurait été vrai aussi... tu comprends ?

— Non.
— Elle était inaccessible, en ce temps-là. Maintenant elle écrit qu'elle veut venir. J' sais pas où ça va mener, ni ce que je veux. Je sais même pas c' qu'elle veut. Tu comprends ?
— Non !
— Tu veux quelque chose pour te faire dormir ?
— Non.

C'était de la folie. Mais il arracha sa veste et rejeta ses chaussures. Puis il grimpa dans le lit. Glissa son bras sous sa tête, s'attendant à être repoussé. Ce qu'elle ne fit pas.

Son corps recouvert d'une fine chemise brûlait contre le sien. Il se tourna vers elle et l'entoura de son autre bras.

— Tu t' souviens quand on était petits et qu'on dormait dans le même lit ?

Elle ne répondit rien. Se contenta de fermer les yeux et de relâcher sa main. Il se libéra et avec deux doigts lui caressa doucement le dos de la main.

— Personne au monde ne m'a donné autant que toi, Hanna. Et tu es venue au-devant de moi à Bergen. Tu étais là, tout simplement. Et tu es si bonne avec Karna.

Les rayons du soleil nocturne entrèrent. Touchant à peine son sac de voyage rangé dans un coin. Puis atteignant le pied du lit.

— J'aurais dû te parler d'Anna. Mais je l'ai refoulé. J' pensais que ça n'avait pas tellement d'importance. Du reste t'étais tellement en colère la dernière fois qu'on s'est vus.

Il se rendait compte lui-même à quel point cela sonnait faux.

— Tu te mêlais de mes affaires sentimentales, alors que toi-même...

— C'était bête de ma part, se dépêcha-t-il de dire avec soulagement.

Elle le regardait à travers ses paupières mi-closes.

— J' suis pas ta propriété privée même si on a été élevés ensemble.

— Non, bien sûr, affirma-t-il.
— Faut pas croire qu' tu peux monter la garde autour de moi pour me garder en réserve et en même temps aller t' chercher une fiancée à Copenhague dont personne a jamais entendu parler.
— C'est vrai.
— Qu'est-ce que tu m' veux, Benjamin ?

Il poussa un long soupir et laissa du temps passer. Le rayon de soleil avait atteint son bras. Qui reposait dans un nid doré sur la couverture.

— Je crois que je ne tourne pas très rond, commença-t-il. Je me sens perdu. Quand je pense que je vais passer le restant de mes jours à Reinsnes, alors... On y est tellement à l'étroit. Avoir toujours à aller en mer. Je ne suis pas un homme de la mer. J'ai peur quand je suis seul par gros temps. J'ai jamais entendu dire qu'Anders ou tout autre ait eu peur en mer. Et je suis là à rêver d'une autre vie. De par le monde. Des tas de bêtises. Tu sais, Hanna, je rêve de devenir un grand spécialiste. N'est-ce pas idiot ?

— Non.

Il plongea son regard dans son visage défait. Et, par pure reconnaissance, parce qu'elle l'écoutait, il faillit dire : Viens, on part. Viens, Hanna !

Mais il ne le dit pas. Et il en ressentit un vide insupportable. Cependant il restait là, comme si de rien n'était.

Alors ce fut elle qui dit :
— Viens !

Le mot fut comme une caresse contre son oreille tandis qu'il se sentit enveloppé dans ses bras. C'était réel. Il se laissa emporter. Et tout le reste s'évanouit.

Si le docteur Grønelv avait administré à Hanna un somnifère cette nuit-là, sur l'ordre d'Oline, cela ne fit pas tomber la fièvre. Au contraire. Ils eurent la fièvre tous les deux. Sans même faire attention à fermer la porte à clé.

Ils dormirent un moment enlacés comme un écheveau de laine. Et chaque fois que l'un d'eux bougeait un peu, l'autre se réveillait juste assez pour se souvenir :

— Elle est là près de moi !

Ou bien :

— Benjamin est avec moi, et ce n'est pas un rêve.

Et il se retrouva derrière la porte refermée de sa propre chambre, on ne pouvait plus revenir en arrière.

Il rejeta la tête, essaya de respirer calmement et se déshabilla pour la deuxième fois. Encore plein de cette lourde ivresse. Il l'avait dans la peau. Il baignait dans l'odeur des sécrétions de Hanna qui se dégageaient de sa propre peau. Il l'avait respirée comme si elle était l'air vivifiant qui l'entourait, pas uniquement une aventure derrière une porte close.

Sa raison essayait de prendre le dessus. Mais il la repoussait avec force. Tout était pour le mieux. Hanna avait toujours fait partie de sa vie.

Il n'avait cependant pas imaginé la passion qui l'habitait. Chaude et violente. Elle s'était donnée avec la même fougue qu'elle avait mise à le tenir à distance durant quatre ans bientôt.

Elle était devenue son jardin secret. Ses jeux interdits. Cela l'excitait drôlement. Il aurait aimé crier, chanter, faire n'importe quoi. Mais il pouvait se passer de l'intérêt que cela susciterait.

Il se contenta de penser à leur prochaine rencontre. L'attente dépassait tout ce que l'on pouvait imaginer. À nouveau il avait faim d'elle, à peine rassasié. Elle lui donnait des forces. Il aurait pu aller droit au bateau sans avoir dormi une seconde.

Oline, assise sur son escabeau, surveillait la cafetière. Elle avait empêché les servantes de monter à l'étage.

— Faut les laisser en paix. Le docteur a veillé tard avec ses malades et la Hanna, l'était pas bien non plus.

Karna était descendue de sa chambre et on lui avait

donné un gros morceau de brioche. On la laissa ensuite grimper sur le plan de travail pour voir passer les sorcières de la Pentecôte sur leurs balais au-dessus du toit de l'étable.

Et quand Isak arriva de l'annexe en courant, on lui donna aussi un morceau de brioche. Il ne croyait plus aux sorcières de la Pentecôte. Mais il exigea de grimper sur le plan de travail lui aussi.

Et Oline permit à ce grand garçon de faire la même chose que Karna.

Elle aurait peut-être maille à partir avec Notre Seigneur pour sa complicité aux péchés commis à l'étage. Mais elle gardait cela strictement pour elle.

Dans sa chambre, Hanna était en train de déballer tout ce qu'elle avait enfermé dans la valise de Dina. Elle remettait tout en place. De temps à autre elle penchait la tête et souriait en contemplant son œuvre.

Et en faisant sa toilette à l'eau froide du broc en porcelaine à fleurs bleues, elle se mit à siffloter.

Il ne pouvait pas s'empêcher de la toucher. Se frottait à son corps dès que personne ne les voyait. Il se conduisait comme un niais et s'en réjouissait.

— Viens avec moi à l'étable d'été, dit-il en lui soufflant dans le cou.

Ils étaient seuls dans la salle à manger un instant pendant qu'elle mettait la table.

Elle sourit et fit comme si de rien n'était.

— Retrouve-moi près de l'étang cette nuit, dit-il pendant qu'elle desservait et qu'il était resté seul à table.

Elle sourit à nouveau sans répondre.

Dans l'après-midi on vint le chercher pour un homme qui s'était blessé au pied avec un coup de hache.

— Viens avec moi en bateau, Hanna, murmura-t-il.

Elle secoua la tête.

Quand Isak à ce moment-là entra et demanda s'ils

resteraient trois jours encore à Reinsnes, il l'entendit répondre :
— Oui, trois jours.
Elle ne va pas plus loin que Strandstedet, pensa-t-il en enfilant son manteau, attrapant sa sacoche et en courant vers son bateau.

Le voilier allait à toute vitesse. Avec, en figure de proue, Hanna, les cuisses ouvertes. Il ne pouvait pas penser à autre chose. Il était entouré d'écume.

S'enfoncer dans les vagues. Remonter. Se balancer, s'enfoncer, s'enfoncer et se balancer. Le désir le dévorait. Il se leva dans le bateau et prit les vagues en travers et se retrouva trempé. C'était froid et salé. Il savait s'y prendre. Il était le maître.

Aujourd'hui, Benjamin Grønelv se sentait invincible. Prêt à faire la course avec le Diable où que ce soit. Il allait partir à Kristiania et leur montrer ! Il allait leur faire voir qui d'entre eux était guérisseur !

Dans la soirée, quand il revint, elle avait vu le bateau bien avant qu'il accoste. Elle l'attendait au bord de la mer sous la pluie fine.

Son manteau gris clair, qu'elle avait cousu elle-même, était trempé.

Il sentit ses pores s'ouvrir comme devant un vent chaud. Des images de leur enfance surgirent. Hanna et lui. Hanna quand elle s'était fait mal. Pleurant dans ses bras. Hanna courant dans les champs. Loin de lui. Ses deux nattes voltigeant comme des lanières de harnais.

Son apparition touchait un point faible. Cela lui donnait envie de la protéger.

Elle avait les cheveux mouillés, collés en mèches brunes sur le visage et sur le cou, sans que cela la préoccupe. Elle portait aux pieds une paire de bottes de caoutchouc qui s'harmonisaient mal avec le manteau habillé.

Maintenant elle s'avançait sur les pierres et le varech pour saisir le bateau.

— T'aurais pas dû mouiller ton manteau, cria-t-il en sautant à terre.

Elle ne répondit pas et se contenta de tirer avec lui. Ils amenèrent le bateau si haut sur la plage qu'il versa sur le côté.

Il savait qu'on pouvait les voir de la maison, ce qui ne l'empêcha pas de la prendre dans ses bras.

— T'es imprudent, dit-elle avec calme.
— Comment ça ?
— Les gens peuvent nous voir.
— Laissons-les voir.

Elle se laissa aller contre lui.

— Il a fallu recoudre ?
— Oui, c'était pas beau à voir. Mais il sera comme neuf. Je sais bien recoudre.
— On est dans la couture tous les deux.
— C'est vrai, nom d'une pipe, qu'on fait de la couture tous les deux !

Ils se mirent à rire, désarmés. Il y avait tant de rires au monde. Cela foisonnait.

En remontant l'allée dont les arbres dégoulinaient, elle lui expliqua ce qu'inspirait aux gens le docteur Grønelv. Ou le docteur tout court. Elle entendait tout le monde le dire à Strandstedet. C'était du respect, pensait-elle.

Grâce à ces quelques mots, le temps d'arriver jusqu'à la maison, elle transforma ses talents en titres de noblesse.

Sans exagérer, sans même le dire directement, son activité prit un sens plus noble.

Car le docteur Grønelv ne venait-il pas par n'importe quel temps ? Apportant avec lui sa lourde sacoche pour aider tout le monde ? Ici et là. Il savait soigner. Recoudre. Même la blessure béante d'une hache.

Il souriait, gêné. Mais il ne la contredisait pas.

Et avant même d'y réfléchir il se dit : Anna n'aurait jamais dit cela.

Il attendit que tout le monde soit couché. Il alla même jusqu'aux cabinets dehors pour avoir un alibi. Puis il se glissa chez elle.

Ce bonheur ! Ce corps brûlant. Il le lui fallait. Il avait bien le droit de vivre.

Et elle ? Il remarquait qu'il n'était pas le seul à profiter du bonheur de Hanna.

Ensuite, dans sa chambre, c'était un étranger qu'il voyait se refléter dans le grand miroir entre les fenêtres. Juste un instant.

L'avenir ? On aurait le temps d'y penser après la Pentecôte.

Des jumeaux se présentant en travers ! Ce n'était pas une affaire pour peu que le temps permette au jeune docteur de sortir en bateau. Il était incroyable ! Après, il buvait la goutte avec les femmes comme l'aurait fait une sage-femme.

Tandis que les autres hommes prenaient la fuite jusqu'à ce que tout soit fini, le docteur, lui, restait là. Vous tenait la main et bavardait entre les contractions, et vous complimentait sur votre courage.

La femme du cordonnier Persen racontait comment sa sœur Else Marie avait eu ses jumeaux. Elle était chez Hanna en train d'essayer une robe, car elle allait à Tromsø fêter un anniversaire de soixante-dix ans.

— Else Marie et toi, vous vous connaissiez autrefois ?

Hanna dit que oui. Et l'autre continua ses bavardages. Elle avait entendu dire que les femmes exagéraient leurs maux pour qu'on fasse venir le docteur. Mais c'était pas le cas d'Else Marie ! C'était une question de vie ou de mort.

La vieille sage-femme n'avait guère confiance en la gent masculine, mais finalement elle l'avait fait appeler. Mme Persen lui avait dit :

— Si elle meurt sans l'aide du jeune docteur, ce sera ta faute.

Et simplement parce que l'enfant qui se présentait le premier avait décidé de tourner le dos à la sortie.

Dieu soit loué, le docteur était à Strandstedet. Il avait accouru en bras de chemise. Il avait serré la main de la femme en douleurs. Il avait posé des tas de questions. Hochant la tête, il avait prodigué des mots de consolation, disant qu'avec un peu de patience tout serait bientôt fini.

Mme Persen interrompait son récit pour commenter les volants de la jupe. Il leur fallait un certain poids pour bien tomber autour des hanches. Comme ça !

Donc le docteur était allé droit à la cuvette se laver les mains et avait déballé ses instruments, comme s'il allait découper l'enfant. Il avait examiné de partout. Le ventre. Avait pris des mesures avec ses mains et regardé dans l'innommable comme dans un four à pain, tout en bavardant calmement comme s'il ne s'agissait que d'en sortir deux brioches.

La sage-femme avait trouvé insupportable qu'il ne montre pas plus de respect envers une femme à moitié nue. Elle avait voulu recouvrir Else Marie et éloigner le docteur. Il n'avait qu'à lui dire ce qu'il fallait faire, avait dit la sage-femme, et elle le ferait.

— Et qu'est-ce qu'il a répondu à ça ? criait Mme Persen à travers les draperies du corsage.

— Faut que j'aille chercher le numéro un, avait dit le docteur, déjà entre les jambes d'Else Marie avant que la sage-femme ait eu le temps de souffler.

L'Else Marie, elle se tortillait et soupirait.

— Ça va être vite fait. Sois courageuse maintenant ! avait-il dit en lui donnant un peu d'eau-de-vie de la flasque qu'il avait avec lui.

Elle était toute brillante. Peut-être en argent pur ?

Non, Hanna devait reprendre un peu sous la poitrine. Comme ça !

Et Hanna faisait ce qu'on lui demandait.

— Et puis, en un rien de temps, il avait fait une incision et sorti le premier. Le tirant par les pieds comme un veau. Moi, j'ai failli m'évanouir. Mais le docteur ne bronchait pas. Il tenait l'enfant comme s'il n'avait jamais rien fait d'autre dans sa vie. En un tournemain les deux gosses étaient là. Bien sûr il y avait beaucoup de sang, mais pas plus que la normale. Et il s'est mis à recoudre, avec une telle habileté qu'on aurait dit que c'était toi, Hanna. Tout en la félicitant d'avoir été si courageuse. Et il se souvenait comme elle aimait les fraises sauvages quand elle venait en visite à Reinsnes avec sa mère. Et que maintenant elle avait besoin d'un bon verre de rhum et d'un repas. Un solide repas ! Alors il ne me restait plus qu'à faire le service. Et ils étaient là tous les deux à manger comme deux compères. T'imagines un peu... ?

Mais non, il faut reprendre encore ici. Comme ça ! disait-elle en retenant sa respiration pour reprendre la robe à la taille.

Elle continua à raconter qu'Else Marie avait crié une ou deux fois pendant qu'il la recousait. Et qu'est-ce que le docteur avait fait, à son avis ? Eh bien, il s'était arrêté un instant et avait demandé pardon ! Pouvait-on imaginer pareille chose ? De la part d'un homme ?

La fin de l'histoire, c'était quand même le bouquet. Car quand il a eu fini et qu'il se lavait dans la cuvette, les larmes se sont mises à couler à flots sur ses joues. Incroyable. De quoi vous rendre religieuse.

La vieille sage-femme avait dit que le docteur avait le tour de main. Avec un peu plus de bouteille et un plus grand respect pour la nudité, il pouvait même devenir tout à fait habile. Ha, ha ! Quelle imbécile !

Mais Else Marie, qui avait cru qu'elle allait mourir, avait pas pu laisser partir le docteur sans lui serrer la main.

Hanna ne se mêlait que rarement aux ragots des dames pendant les essayages. Elle n'en fit rien cette fois non plus. Elle avait été témoin de la fin de l'histoire, mais elle ne le dit pas.

Car lorsque Benjamin était rentré, il était allé droit au portrait de la mère de Karna. Avant même d'avoir ôté son pardessus. Il était resté là en s'appuyant à la commode de ses deux mains, murmurant des mots qu'elle n'avait pas saisis.

Elle aurait voulu lui demander comment la visite s'était passée. S'il avait faim.

Il avait alors caché sa tête dans ses bras. Son dos paraissait curieusement mince. Tout secoué.

Elle s'était simplement serrée contre lui. Sans rien dire.

Chapitre 8

Ils savaient quel jour elle allait arriver.
Sara avait emmené Karna sur le monticule au drapeau pour surveiller la côte. Les servantes couraient aux fenêtres tout en vaquant à leurs occupations et Oline n'avait absolument pas trouvé le temps de se faire changer son pansement par Benjamin ce jour-là. C'est finalement quand il déclara que ça risquait de sentir mauvais qu'elle se laissa faire.
La sirène du vapeur retentit pendant qu'il était en train de remettre les bandages.
Il se força à terminer, comme si de rien n'était, comme si c'était un jour comme les autres.
Oline soupirait d'impatience et voulait qu'il s'en aille. On entendait des pas légers et des interpellations étouffées. Le bateau avait dépassé les îlots !
— Vas-y donc ! grognait Oline en le repoussant du pied.
Il se releva et fixa un instant la porte, puis il sortit à grands pas.
En sautant dans la barque de l'expéditionnaire avec Tomas, il sentit son cœur battre de façon ridicule.

Il reconnut sa silhouette appuyée au bastingage, sans trop y croire. Ce n'est que bien plus tard qu'il se rendit compte de l'absence de Sophie.
Après pas mal de confusion, la passerelle fut enfin descendue. Il l'attrapa à deux mains et grimpa à mi-chemin pour aller à sa rencontre.

Pudiquement, elle essayait de retenir ses jupes pendant qu'il grimpait. L'ourlet de sa jupe balaya son visage. Il tendit la main pour saisir la sienne. Elle descendit alors vers lui à reculons.

Ce n'est qu'une fois dans la barque qu'elle devint réelle à ses yeux. La lumière crue du soleil, le reflet des vagues ou autre chose encore faisait qu'elle se trouvait devant lui sans visage.

Il s'assit tout en lui tenant les mains. Il voulait la faire asseoir aussi, mais il n'eut pas l'idée de le lui dire.

Il n'y avait que deux yeux. Deux trous dans le ciel au-dessus de lui.

Les gens autour d'eux les regardaient. Mais qu'est-ce qu'ils avaient donc à regarder comme ça ! Il piqua un fard et se sentit le plus grand idiot du Nordland.

Tandis qu'autour de lui le monde était de couleur bleu et argent.

Et quand elle s'assit d'elle-même sur le banc de nage en face de lui, il pensa : À l'heure qu'il est, Hanna en est malade, à Strandstedet.

Car au moment même où il rencontra les yeux d'Anna, toute sa vie chavira. Comment avait-il pu croire qu'Anna n'était qu'une correspondante entre Copenhague et lui.

— Bienvenue à Reinsnes, Anna !

Il s'y était exercé. Il pensait qu'on pouvait dire ça aussi facilement qu'on allumait une pipe. Ce en quoi il se trompait.

Même après que Tomas eut aidé le matelot à descendre les deux valises, il n'était toujours pas en état de trouver autre chose à dire.

— Tu trouves que j'ai tellement changé, dit-elle en riant.

— Mais non, pourquoi ?

— Tu me regardes avec une telle fixité.

Avec gravité il se leva et agita sa casquette au-dessus de sa tête. Se rassit lourdement au point de faire tanguer tout le bateau. Pour se relever à nouveau en se découvrant.

Anna s'agrippait au banc des deux mains et le regardait avec une certaine anxiété.

Et tout en essayant de conserver son équilibre dans le bateau, il la regarda droit dans les yeux et récita des bribes du Cantique des cantiques qui lui venaient à l'esprit. Les mots s'envolaient au loin vers la haute mer.

— « Tu es toute belle, ma bien-aimée,
et sans tache aucune !...
... Qui est celle-ci qui surgit comme l'aurore,
belle comme la lune,
resplendissante comme le soleil,
redoutable comme des bataillons ? »

Tomas s'était arrêté de ramer. Le bateau dérivait tandis que l'eau dégoulinait des rames.

Anna était assise à contempler le bout de ses souliers. Mais quand il eut fini, elle se redressa et applaudit. Puis elle entonna un couplet de Oehlenschläger.

— « À l'ombre nous marchons
entre les épis vert tendre
herbe de la Saint-Jean cueillons
là où les fleurs poussent.
Jolie petite herbe
si propre et pure
si fraîche et verte
cachée en secret. »

Sa voix s'élevait pure et joyeuse. Comme pour une ovation.

Il reconnut le texte de la chanson du soir de la Saint-Jean au Dyrehaven[1].

À la fin elle entonna le couplet sur le voyage à Øresund, remplaçant Øresund par Nordland et « ténèbres nocturnes » par « lumière éternelle », ce qui donna :

---

1. Forêt et réserve de cerfs aux environs de Copenhague *(N.d.T.)*

— « Que partent en carriole ceux qui le veulent
Le vapeur attend, c'est lui qu'on prendra.
Voguant vers le Nordland délicieux,
dans la lumière éternelle des flots bleus. »

Les gens écoutaient, penchés au-dessus du bastingage.
Quand elle eut fini, la sirène du départ retentit.
Certains passagers criaient leurs messages au-dessus des vaguelettes et les aubes se mirent en marche.
Le *Président Christie* mettait le cap vers le nord.

Le temps qu'ils mirent à atteindre la terre lui servit à reprendre sa respiration et à trouver un moyen de la transporter sans qu'elle se mouille. Qu'est-ce qu'elle avait dit ? Qu'il l'avait regardée fixement ? C'était idiot de sa part.

Il l'empoigna solidement autour des cuisses. Puis il la souleva pour la porter à terre. Il la tenait serrée contre lui, pensant avec triomphe : J'en ai le droit ! On n'est plus à Copenhague ! Chez nous, on les tient serrées, les dames, quand on les transporte.
Il la tint ainsi aussi longtemps qu'il était convenable de le faire devant témoins. À bout de souffle, il était allé à la limite de ses forces.
Après l'avoir portée à terre il osa se poser des questions. Après avoir senti son parfum. Senti la douceur du velours de sa veste et la chaleur de ses cuisses à travers sa jupe.

Anna s'était accroupie devant la petite fille et lui prenait la main.
— Et voilà Karna ?
Karna opina du bonnet tout en étudiant de près l'étrangère. Puis elle fut prise d'une activité débordante, courant de l'un à l'autre, les montrant du doigt en disant leurs noms.
— Sara, Ole, Tomas, Anders. L'Oline et la Bergljot,

elles sont à la cuisine, la Stine elle est dans l'annexe, et l'Isak à Strandstedet. Et Hanna...

En disant Hanna elle s'arrêta brusquement, courut vers Benjamin et se cacha derrière ses jambes.

Mais en remontant vers la ferme, elle reprit la main d'Anna dans la sienne et étudia longuement sa bague et son bracelet.

Oline avait projeté un véritable dîner de fête. Mais il n'avait pas voulu d'autres convives. Sauf Anders bien entendu.

Néanmoins Oline avait du mal à tout diriger de son tabouret, si bien que Stine était venue donner un coup de main ce jour-là. Deux personnes pour servir trois convives ! C'était le moins qu'on puisse faire !

Pour commencer il y avait un potage au cerfeuil. Stine l'avait ramassé tôt le matin, l'avait lavé et l'avait haché fin. On l'avait fait mijoter une demi-heure avec un morceau de gingembre dans un bon bouillon de viande, on y avait rajouté dix jaunes d'œufs battus et de la crème. Et on le servait avec un œuf poché et du gingembre en poudre.

Puis venait le saumon au four. Soigneusement rincé, essuyé et saupoudré d'un peu de farine, de poivre, de muscade et d'oignons émincés, avec quatre filets d'anchois, du sel et du beurre. Finalement mouillé de vin blanc, d'eau et de citron et mis au four. On le servait avec de belles pommes de terre, malheureusement de l'an dernier, et des galettes craquantes et de la crème double.

Au dessert il y avait des baies jaunes, de la crème et des gâteaux secs.

Quant aux vins, même un habitant de Copenhague était forcé de les apprécier. Bordeaux rouge et blanc, haut-sauternes, pondensac et porto à un écu la bouteille.

Tout avait été commandé chez Ole M. Gundersen, négociant en épicerie fine, qui expédiait rapidement les commandes venues de la campagne.

Anders avait tiqué devant la note à payer. Mais pouvait-on faire autrement ?

Oline avait préparé le repas, son pied la faisait souffrir et la chaleur et l'effort lui avaient mis le visage en nage.
Telle la Grande Catherine elle trônait sur son tabouret à roulettes, dominant le monde aussi loin qu'elle pouvait l'imaginer.
Elle se laissa rouler jusque dans sa chambre pour se laisser enlever son tablier et ses chaussures. Puis elle s'allongea avec quatre coussins dans le dos et un verre de madère sur la table.
Elle ne voulait pas manger. De goûter à tout lui avait suffi.
— On peut pas l'avoir à la fois dans la tête et dans l'estomac, avait-elle coutume de dire.

Sa jupe moulait ses hanches. Il avait déjà levé les mains pour l'en entourer. Mais il les remit vite dans ses poches.
Anna descendait l'escalier, en robe bleu ciel. Mouvante. Comme une fée. Légère. Il remarqua vaguement un ruban flottant, qui retenait ses cheveux sur la nuque. Sans bijoux ni bagues. Il essaya de fixer les yeux sur son visage. Qui s'évanouissait.
C'était tellement irréel. Il sortit ses mains de ses poches. On devait bien avoir le droit de la toucher ? Si jamais elle trébuchait et allait tomber ? Il pourrait se précipiter pour la retenir.
Mais non. Il ne pouvait pas savoir s'il arriverait à temps, ou arriverait à la saisir dans ses bras pour lui éviter de se casser une jambe.
Il finit par rester là sans rien faire.
Il se souvenait qu'à Copenhague aussi elle marquait ses limites qui voulaient dire : « Pas la peine d'essayer ! Je n'ai pas l'intention de flirter avec toi. »

Assis l'un en face de l'autre avec Anders présidant au bout de la table, il remarqua qu'elle avait un grain de beauté sur l'avant-bras. C'était nouveau.

Il découvrait Anna à nouveau. Le grain de beauté avait apparu sur sa peau rien que pour le réjouir ! Il le surveillait. Comme s'il avait peur qu'il ne disparaisse.

Anders faisait ce qu'il pouvait pour être mondain. Il avait déjà fait rire Anna deux fois pendant le potage. La première fois, Anders avait avancé le menton et avait souri en retour.

Benjamin avait beaucoup réfléchi, se demandant comment garder Anna pour lui tout seul. Maintenant, il se rendait compte que sans la présence d'Anders, Anna aurait été seule à alimenter la conversation.

Toute son éducation, toutes ses manières d'homme cultivé étaient comme évaporées. Il était incapable de trouver un sujet de conversation. De poser une seule question.

Le grain de beauté. Il lui permettait de concentrer son regard et de faire attention à passer le sel et le poivre.

Anders racontait qu'il allait bientôt partir à Bergen. Il invita Anna à bord de son cotre avant de jeter l'ancre. Il allait à Strandstedet charger des marchandises, elle avait peut-être envie d'une promenade ? Ce nouveau cotre n'avait pas eu de femmes à bord comme le *Mère Karen*, mais on pouvait quand même éviter le naufrage.

— Il y a beaucoup de superstitions à propos des femmes et des bateaux ? demanda-t-elle.

— On ne peut pas appeler superstition tout ce qu'on n'explique pas, dit Anders avec bonhomie.

— Ta mère parlait aussi de voyages en mer, Benjamin, tu te souviens ?

— Dina, oui... commença-t-il et s'arrêta brusquement.

Il y avait le visage d'Anders. Ses lèvres et son regard qui s'effaçaient. L'homme se pencha lentement en avant, sortit sa montre de son gousset et la contempla. Pendant qu'ils mangeaient.

Il y eut un silence. Anna remarqua qu'il se passait quelque chose.

— C'était délicieux ! dit-elle, essayant de capter le regard de Benjamin.

— La tache ! s'écria-t-il.

Elle jeta un regard scrutateur sur elle-même.

— Tu en as une... une tache sur le bras ! dit-il avec un certain triomphe.

Il reposa son couvert, se pencha vers elle et mit le doigt sur le grain de beauté. Avec le même sérieux qu'il aurait mis à émettre un diagnostic compliqué.

Anna le regardait, ahurie.

C'est alors qu'il y parvint. À la voir en entier. Sa silhouette se détachait clairement de l'autre côté de la table.

Il aspira un grand coup et pressa l'air à travers ses narines. Aspira de nouveau tout en tenant son index sur le petit monticule brun.

Anders avait recommencé à manger. Après avoir avalé une bouchée, il dit :

— Oline est la meilleure cuisinière de la paroisse !

Personne ne répondit.

Anna ne bougeait pas son bras. Une légère rougeur envahissait son cou et ses joues.

Il se pencha encore plus. Se leva le dos courbé au-dessus de la table. Releva son bras pour étudier la tache de plus près.

— Et dire que j'allais la revoir, murmura-t-il en lui rendant son bras.

Anders se coucha tôt ce soir-là.

Le piano de Dina était dans la salle à manger. Anna repoussa la housse qui le recouvrait.

— Quel bel instrument !

Elle plaqua quelques accords, et fronça le nez.

— Il est terriblement désaccordé.

— Oui, sûrement, dit-il un peu honteux.

— Personne ne s'en sert ?

— Je vais faire venir un accordeur demain. J'aurais dû y penser avant ton arrivée.

Il enfonçait ses poings dans ses poches et parlait à toute vitesse.

Elle recouvrit l'instrument.

— Il n'y avait que ta mère qui en jouait ?

— Non, Sara avait commencé, murmura-t-il.

— Sara ?

— Oui, la fille de Stine et de Tomas.

Elle approuva d'un mouvement de tête. Elle leur avait dit bonjour très vite, en arrivant. Mais ils étaient si nombreux. Il était difficile de se souvenir de tous les noms. De savoir au juste qui étaient les domestiques et qui étaient des parents.

Au cours du dîner, elle s'était rendu compte qu'Anders était le seul parent. Avec la petite Karna.

— Cela va-t-il remuer des souvenirs si je joue ?

— Comment cela ?

— De ta mère ?

— Il y a si longtemps.

Il se rendait compte que son ton était un peu trop dégagé.

— Peut-être Karna peut-elle apprendre ? demanda-t-elle.

— Elle est si petite.

— Il n'est jamais trop tôt.

— Tu pourrais y arriver ?

— Si elle le voulait. Ce serait amusant.

Il voulut remplir son verre. Lui souriant, l'air inquisiteur. Mais elle secoua la tête.

— Ne peut-on pas faire une petite promenade avant d'aller se coucher, demanda-t-elle. Il fait tellement clair. Il est difficile de croire qu'il est si tard.

Ils traversèrent le jardin jusqu'au pavillon.

— Que c'est romantique ! s'écria-t-elle en jetant un regard à l'intérieur.

— Dina y venait pour boire du vin la nuit, quand elle n'arrivait pas à dormir. Quand je la trouvais là, c'était loin d'être romantique... Au milieu de bouteilles vides et de mégots de cigares.

Son ton était plus acerbe qu'il ne l'aurait voulu.

— Elle n'était pas très heureuse !

Il se raidit. Mais, se reprenant, il dit avec une certaine gaieté :

— Reinsnes n'est pas fait pour une femme comme Dina. Ou comme toi ?

Elle fit quelques pas devant lui avant de se retourner.

— Est-ce un avertissement ?

— Peut-être !

Elle restait debout devant lui. Le sable blanc crissait sous ses pieds quand elle bougeait.

— En tout cas je suis venue.

Il aurait dû le dire tout de suite. L'occasion se présentait. Avait-elle l'intention de rester ? Ou bien : qu'il n'avait pas grand-chose à lui offrir. Car ici chez lui dans le Nordland il n'était considéré que comme un charlatan.

Le visage d'Anna tourné vers le sien. Sans défense.

Il n'arriva pas à dire quoi que ce soit. N'osa pas la toucher. Cela pouvait l'effrayer. Il se sentait comme une montagne sur le point de lâcher un éboulement sur un objet fragile.

— Qu'est-ce que tu veux dire au juste, Benjamin ?

Comment peut-elle rester aussi calme ? pensa-t-il. Puis il fixa son regard sur un point de son nez.

— Que je suis content que tu trouves ça romantique.

— Je ne suis pas venue seulement pour voir le Nordland.

— Ah bon ?

— C'est à cause de tes belles lettres. Tu trouves ça inconvenant ?

— Non, plutôt courageux.

— Pourquoi ?

— Parce que je suis un sauvage du pôle Nord.

— Qui cite le Cantique des cantiques, dit-elle en souriant.

Ils firent quelques pas avant qu'elle se tourne vers lui.

— Pourquoi m'écrivais-tu, Benjamin ?

L'idée le traversa : Je suis obligé de le lui dire, que je n'ai pas le droit d'exercer. Mais pas tout de suite !

— Je ne pouvais pas me faire à l'idée de te perdre complètement. Je voulais au moins avoir quelques-unes de tes pensées. Une lettre, on peut la relire tant de fois. C'est incroyable... le nombre de fois qu'on peut relire une lettre. Je pensais, si elle se marie et a un tas d'enfants et tout, elle peut quand même m'envoyer quelques lettres sans que son mari en prenne ombrage. Parce que je suis un ami lointain et inoffensif. Un ami de jeunesse. Et les années peuvent bien passer, ai-je pensé, ses lettres me resteront. Et les pensées qu'elle n'ose pas me communiquer parce qu'elle ne veut blesser personne, je peux les lire entre les lignes. Et mes espérances, personne ne peut me les prendre.

Il s'arrêta brusquement. Car il la vit se détourner.

Il descendit avec elle jusqu'aux entrepôts. Ils regardèrent les mouettes et les eiders de Stine. Les petits avaient éclos et leur mère essayait de les mettre à l'eau.

— C'est comme dans un conte de fées ! dit-elle en aspirant l'air fortement.

Il en fut heureux.

— Tu t'attendais à quoi ?

— Oh, je ne sais pas. Du froid... Et le soleil brille, il est presque minuit. Je le savais, bien sûr. Mais c'est autre chose de le vivre.

Il voulait lui montrer le soleil remontant à l'horizon. Du haut du monticule. Il marchait si vite qu'elle n'arrivait pas à le suivre.

Debout au milieu des herbes de la Saint-Jean, il l'attendit. Elle arrivait à contre-jour à travers tout ce rouge violacé. La lumière qui traversait l'étoffe de sa robe était si forte qu'elle paraissait venir à lui nue.

Dieu avait tiré un trait d'or autour des contours d'Anna et mis ses cheveux en flammes. Et il pensa que s'il fallait mourir, mieux vaudrait le faire maintenant, à l'instant où elle s'avançait vers lui.

Et ils s'assirent sur le banc sans rien dire. Le disque solaire plongea tout juste dans la mer. L'horizon se dilua. Il n'y avait plus de limites.

Au fur et à mesure que le soleil remontait elle devenait de plus en plus transparente. Il voyait à travers elle. Comme sous un microscope. Le duvet sur sa lèvre supérieure. Les veines fines sur ses paupières. Son pouls qui battait sur sa gorge. Une brume légère l'entourait comme une auréole.

Elle n'était peut-être pas réelle ? Il la toucha timidement du bout des doigts. Le grain de beauté sur le bras sous le châle.

En soupirant elle se laissa aller contre lui.

Alors il l'embrassa. Mais comme l'aurait fait un gentleman. Pas comme il le désirait. Et parce qu'il était forcé de réfléchir, cela ne lui procura aucun plaisir. Peut-être à elle non plus ?

Au milieu de tout cela il pensait à la dernière fois qu'ils s'étaient embrassés.

En faisait-elle de même ?

Bien sûr, il aurait pu le lui demander. Mais cela aurait été une invitation à parler du futur. Et à lui dire qu'il n'avait pas grand-chose à lui offrir.

Il la raccompagna jusqu'à la maison et lui souhaita bonne nuit devant la porte de sa chambre. Il lui demanda aussi si elle n'avait besoin de rien.

Mais aussitôt la porte fermée, l'enfer commença. L'idée qu'elle n'était qu'à cinq ou six mètres de lui. Sur le même palier. Dans son lit.

Toute envie de dormir était balayée. Il n'avait qu'une seule idée : il ne fallait pas entrer chez elle.

Ce qui ne l'empêcha pas d'aller et venir en titubant. Jusqu'à sa porte et retour vers la sienne. Il se dit qu'il pourrait ouvrir l'armoire à linge, qu'elle l'entendrait et viendrait à la porte et l'inviterait à entrer.

Il fallait bien qu'elle le fasse. Qu'est-ce qu'elle attendait ?

Il s'approcha de sa porte à nouveau. Retourna devant l'escalier. S'arrêta pour écouter. Il ne songeait pas un instant qu'Anders et les autres en faisaient autant.

Au dernier moment il se sauva, descendit l'escalier et sortit. Traversa la cour. Descendit vers les entrepôts. Et finit par se réfugier sur le vieux canapé de la boutique, sous une couverture de cheval.

Le soleil qui chauffait son visage le réveilla, ainsi qu'une mouche qui le prenait pour une proie.

Courbatu et épuisé il s'étira et se reprocha d'avoir été si lâche.

Anna arriva au petit déjeuner déclarant qu'elle avait dormi dans un lit merveilleux et dans la plus agréable des chambres.

Il sourit faiblement en la remerciant. Ils étaient seuls. Anders et Karna déjeunaient très tôt dans la cuisine.

— Anna, tu m'enlèves tous mes moyens, dit-il en se donnant une tape sur le visage.

— Que veux-tu dire ?

Il ouvrit la bouche pour expliquer. Mais la referma aussitôt. Il se souvenait que les gens avec la bouche ouverte ressemblaient à des poissons.

— Pourquoi dis-tu cela ? murmura-t-elle.

Il reposa ses couverts et replia sa serviette, comme si le repas était terminé avant même d'être commencé.

— Je t'ai tellement attendue. J'avais tellement peur de ta réaction... de ce que tu allais penser... J'ai pensé dans les moindres détails à ce que j'allais te dire. Tout devait être si parfait. Il fallait que tu te sentes à l'aise. Et finalement je ne suis même pas capable d'alimenter une conversation. De dormir sous le même toit sans...

Anna reposa aussi sa serviette. Elle l'enfila soigneusement dans le rond de serviette en argent qui portait le monogramme de Jacob Grønelv.

— Tu préfères que je parte ?

Il sauta sur ses pieds et fit le tour de la table pour se jeter à ses pieds.

— Benjamin, je t'en prie, dit-elle en souriant.

À ce moment même Karna entra dans la pièce. Elle resta sur le seuil de la porte, contempla son père à genoux sur le plancher, et la dame étrangère assise sur sa chaise. Et elle dit avec la voix d'Oline :

— Papa ! On doit rester à table jusqu'à ce que tout le monde ait fini !

Benjamin se releva et lui tendit les bras.

— C'est vrai, ma chérie ! Bonjour !

Ils se dirent bonjour tous les trois et les choses semblèrent rentrer dans l'ordre.

Karna tira une chaise à côté de celle de son père et grimpa dessus. Son petit visage dépassait à peine le bord de la table. Son œil brun et son œil bleu semblaient la faire loucher. Elle avait le regard direct et deux nattes épaisses dansaient autour de sa tête. Mais ses cheveux ne se laissaient pas dompter par la coiffure stricte. Des boucles sortaient çà et là.

À sa naissance, ses cheveux avaient été aussi bruns que ceux de son père. À son arrivée à Reinsnes elle était aussi chauve qu'un vieillard. Ce qui avait repoussé était aussi clair que la chevelure de la mère qu'elle n'avait pas connue. Elle avait foncé petit à petit et tournait au cuivre. Tous ses ascendants se retrouvaient en elle, semblait-il.

— L'Oline, elle dit qu'on peut m' donner un morceau de pain d'épice, fit-elle.

Benjamin lui en tendit un.

De ses petits doigts, elle en arrachait des morceaux qu'elle enfournait dans sa bouche tout en les contemplant pensivement. L'un après l'autre.

— Quel âge as-tu maintenant, Karna ? lança Anna comme un ballon d'essai.

— Quatre ans !

— Alors tu vas bientôt apprendre à lire et à compter ?

Karna la regardait, les yeux écarquillés tout en mâchant.
— Tu vas rester longtemps ? demanda-t-elle.
Anna lança un regard furtif vers Benjamin.
— Un moment.
— T'as besoin de beaucoup de médicaments ?
— Non, pas de médicaments, dit Anna avec un grand sourire.
— T'es guérie ? Elle est guérie, déclara Karna en tirant Benjamin par la manche. J' peux avoir encore un morceau ?
— Non, dit-il, sans pouvoir cacher un sourire.
Karna le vit et pencha la tête.
— Seulement un ?
— Après le dîner.
— Non, maintenant !
— Karna ! Oline a dit un seul.
Elle pinça sa petite bouche mais cessa de quémander. Au bout d'un moment elle se laissa glisser de la chaise et s'en alla.
Quand elle fut sortie, Anna remarqua :
— C'est une enfant pas ordinaire !
Il passa sa main dans ses cheveux une fois ou deux.
— C'est si drôle de te voir ainsi... dans ce rôle de père. Tellement différent. Je veux dire... à Copenhague tu étais très différent.
— Est-ce une amélioration ?
Il essayait de crâner.
— J'espère bien, dit-elle, taquine.
Il aperçut ses petits seins fermes quand elle se pencha vers lui. Et sa nuque. Quand elle tournait la tête. Le lourd chignon qui relevait ses cheveux en laissait à nu la racine.
La folie le gagnait. Comme dans la chambre d'Aksel. Quand il avait pris un non pour un oui et que tout avait été gâché.
Cependant, elle était là. Il fallait se contrôler. Oui, se contrôler.

Chapitre 9

Tomas avait amené Stine en bateau jusqu'à Strandstedet. Mais elle alla seule jusqu'à la maison en bois blanc pour raconter à Hanna qu'elle était arrivée. Cette mademoiselle Anna, de Copenhague.

C'était peut-être par simple politesse que Benjamin recevait cette dame de la ville, disait Stine. Et c'était justement ce que Hanna voulait croire. Il allait sûrement dire à cette Anna : « Pour moi, c'est Hanna qui compte. Maintenant c'est nous deux. »

Stine parlait à voix basse. Disant que les gens n'étaient pas toujours comme ça. Que la volonté des hommes pouvait fondre comme la fonte dans le feu. Qu'elle pouvait changer de forme selon le moule. Si on ne faisait pas attention, tout pouvait redevenir un tas informe et noir.

Hanna passa la nuit à terminer la robe de la sœur de Wilfred Olaisen. Le lendemain matin elle fit ses bagages, prit Isak par la main et suivit Stine à Reinsnes.

On prétendit que Stine était allée chercher du renfort pour Oline, puisqu'on avait une visite si distinguée. Tout le monde pouvait comprendre cela.

Et Hanna n'était pas n'importe qui. Elle avait sa chambre dans la maison des maîtres. À côté de celle où Benjamin dormait actuellement. Elle pouvait donc exercer un certain contrôle la nuit.

Quand il la vit entrer dans la salle à manger, il se rendit compte qu'il avait été certain qu'elle se tiendrait à l'écart. Sans qu'il ait à le lui demander. Mais en fait, pour quelle raison ?

Il aurait aimé être ailleurs.

Anna et lui venaient de terminer leur petit déjeuner et Bergljot était en train de desservir. Quand Hanna entra dans la pièce, elle se retira dans l'office et y resta.

Il ne remarqua cette curieuse attitude que lorsqu'ils furent seuls. Pourquoi Bergljot était-elle partie ?

Il se leva et fit les présentations.

— Voilà Hanna ! Hanna Hærvik ! Dont je t'ai parlé. Mlle Anna Anger !

Anna se leva. Elles se donnèrent la main et échangèrent des phrases de politesse.

— Hanna et moi, on est comme frère et sœur, on a été élevés ensemble et on a appris à lire et à écrire ensemble.

— Vous êtes la fille de Stine et de Tomas ? demanda Anna avec amabilité.

— Non, mon père est mort et puis maman et Tomas se sont mariés.

Anna acquiesça d'un signe de tête.

— Et maintenant vous habitez Strandstedet avec votre fils ?

— Oui. J' suis veuve. J'ai un petit atelier de couture, enfin si on veut.

— Ah, vous cousez ? C'est intéressant.

Hanna leva les yeux au plafond un instant et dit sèchement :

— Ça représente plutôt des nuits blanches et des doigts abîmés.

— Il vaudrait mieux vous tutoyer, lança Benjamin d'un ton qu'il voulait désinvolte.

Anna le regarda. Il ne put déchiffrer son regard. Il ne se sentait pas à l'aise. Tant pis. Il fallait bien faire des concessions des deux côtés.

— Peut-être, dit Anna avec politesse.

— Oh, moi, les formalités, c'est pas mon genre, dit Hanna très vite, montrant bien par cela qu'elle était vexée.

Ensuite, cela s'était plutôt bien passé. Mais c'était avant d'apprendre que Hanna allait habiter la maison et aider Oline pendant tout le séjour d'Anna.

Il en ressentit une intense colère, mais comprit que cette décision souveraine avait été prise par les femmes. Sans même lui avoir demandé son avis.

Il pouvait tout faire exploser par un seul mot déplacé. Anna pourrait alors comprendre.

Comprendre quoi ? Qu'elle avait quitté Copenhague et la civilisation pour découvrir que Benjamin Grønelv n'était qu'un coureur de jupons. En fait, elle aurait aussi bien fait de se marier avec un Écossais. Ou un Anglais.

Anna alimentait la conversation. Elle posait des questions, avec intérêt, sur Strandstedet et la couture. Et Hanna répondait tout en jaugeant l'autre. Sa robe, sa coiffure, ses doigts. Comme si elle se demandait quels avantages cette nouvelle venue avait sur elle. Ou donc : Qu'est-ce qu'il peut bien voir en elle ?

La colère le rendait muet. Il les laissait parler. Petit à petit il se mit à écouter les mots qui s'échangeaient. Faisait des comparaisons. L'intérêt poli d'Anna, sûre d'elle. L'antipathie sous-jacente chez Hanna. Anna n'y prêtant pas attention. Tout en l'ayant sûrement remarquée.

Il replia sa serviette plusieurs fois. Elle paraissait fraîche sous ses paumes moites.

Que pouvait-il bien y faire ?

Et au milieu de tout cela, il ne pouvait pas s'empêcher de ressentir des frissons en les contemplant toutes les deux à la dérobée. On devrait quand même en avoir le droit ! Bien sûr qu'on devrait en avoir le droit ! De les posséder toutes les deux sans se sentir comme un sale traître.

Anders rappela à Anna qu'il allait partir pour Strandstedet avec *Le Cygne* un de ces jours. Et Hanna déclara qu'elle pouvait les accompagner et leur faire les honneurs de l'endroit.

Anna répondit que ce serait sûrement très agréable.

Benjamin avait l'impression de s'être trompé de représentation.

On dînait tôt, à quatre, autour de la table. Plus les enfants. C'était bien différent de ce qu'il avait imaginé. Sans pour cela se souvenir d'avoir imaginé quoi que ce soit.

Cela avait seulement été des rêves absurdes. Des dîners tardifs avec Anna après avoir mis Karna au lit. Manger et boire pendant longtemps. Parler de tout ce qu'il n'avait pu confier à personne pendant toutes ces années. Se promener, comme ils l'avaient fait le premier soir. Et boire du vin dans le pavillon ? Elle aurait tout admiré. L'aurait obligé à tout voir avec des yeux neufs.

Et ils auraient eu l'étage pour eux tout seuls !

Il entendait Hanna se retourner dans son lit. Ce qui voulait dire qu'elle l'entendait lui aussi. Elle était devenue sa gardienne. Une araignée attendant l'occasion d'attraper au vol ses péchés secrets dans sa toile. C'était la seule chose qui lui restait d'une nuit agitée.

Et de l'autre côté du palier, Anna dormait dans son lit à lui.

L'expression sur le visage de Hanna quand elle avait appris qu'Anna était installée dans la salle ! Son regard avait découvert un désespoir non dissimulé.

Anna l'avait-elle remarqué ?

On est comme frère et sœur, avait-il dit. Hanna n'avait pas protesté. Pas cette fois.

Le lendemain matin Bergljot vint à la table du petit déjeuner délivrer un message. Le docteur devait se rendre auprès d'un jeune garçon à Sundet.

Il avait fait une mauvaise chute de la toiture d'un entrepôt et ne pouvait ni remuer ni parler.

Benjamin se dépêcha de quitter la table à grandes enjambées, comme il en avait l'habitude en pareille occasion. Il attrapa sa sacoche dans l'entrée et se retrouva dans le bateau avant même d'avoir réfléchi. C'est en montant la voile et en sentant le vent dans ses cheveux qu'il se dit qu'Anna avait peut-être trouvé bizarre de le voir se précipiter sans dire un mot.

Le garçon mourut devant lui. Il était le seul fils d'une veuve employée par Tomas au séchage de la morue. Il resta là jusqu'au soir.

La mère avait le regard fixe. De temps à autre son corps était secoué par un spasme. Puis elle se calmait et restait là. Le regard vide et les yeux secs.

— J' vais te donner quelque chose pour dormir.

À ce moment même il se souvint qu'il avait dit la même chose à Hanna.

Celle-là ne refusa même pas.

— Allons... Essaie de pleurer. Pleure... disait-il en l'entourant de ses bras avec douceur.

Mais elle était hors d'atteinte.

Sa fille, par contre, marchait en rond entre l'étable et la maison en gémissant. Une voisine faisait des allées et venues. Elle venait de laver le cadavre et l'avait recouvert.

Un peu de ses pieds nus et de ses boucles blondes dépassait aux deux extrémités du drap.

Il était à Dybbøl. Tout s'était calmé. Les canons. Les cris de commandements. Les jurons. L'odeur de sang séché était devenue pestilentielle. Karna était assise, la tête d'un jeune homme sur les genoux. Présente. Comme lui, maintenant.

Sur le chemin du retour il n'y avait plus que la mer, le soleil et lui. Cette pure odeur de sel. De goudron contre le plat-bord vert et blanc. Le calme parfait, à tel point qu'il lui fallut prendre les rames. C'était un réconfort.

Anna était installée sur le tabouret devant le piano, des partitions ouvertes sur l'abattant.

Hanna avait trouvé toutes les partitions de Dina. Ce qu'il aurait dû faire lui-même bien avant son arrivée, pensa-t-il. De même qu'il aurait dû penser à faire accorder l'instrument.

Les deux femmes étaient penchées sur les pages. Leurs mains se frôlaient. Il fut pris d'un sentiment pénible.

Cela devait probablement venir du jeune homme sous le drap.

— J'ai entendu parler de quelqu'un qui peut l'accorder. Par une connaissance commune...

Hanna, avec ses yeux en forme d'amande, était dans la pénombre. Malgré cela il savait qu'elle le regardait. Elle l'avait entendu rentrer sans y prêter attention. Maintenant il le fallait bien puisque Anna le voyait.

— Bonsoir ! Le docteur a-t-il été de quelque utilité ? dit-elle, taquine, allant vers lui en lui tendant les mains.

Pourquoi faisait-elle cela ? Cela ne lui ressemblait pas !

— Ce n'est guère le cas, murmura-t-il, décrivant un demi-cercle pour l'éviter.

Pourquoi voulait-il l'éviter ? Il vit qu'elle pensait la même chose. Pourquoi veut-il m'éviter ?

— On peut ouvrir une fenêtre ? Il fait lourd ce soir, dit-il en s'asseyant.

Hanna ouvrit une fenêtre.

— Comment va-t-il ? Le jeune garçon ? demanda Anna en rassemblant les partitions.

— Mort.

Un silence pesant s'établit entre eux.

Il se racla la gorge, alluma sa pipe et chercha des yeux le journal.

— Mon Dieu ! dit Hanna.

Anna ne dit rien. Mais il sentit son regard posé sur lui.

— T'as rien pu faire ?

Il savait que si Anna n'avait pas été présente, Hanna ne lui aurait jamais posé pareille question. Elle avait endossé un rôle stupide qui la faisait paraître superficielle et ordinaire. Pourquoi faisait-elle cela ? Cela donnerait à Anna une fausse impression d'elle. Et de lui ?

Il remarquait qu'il jouait aussi un rôle. Condescendant. Le rôle de celui qui s'adresse à quelqu'un sans le prendre au sérieux.

— Non, ma bonne Hanna, je n'ai rien pu faire.

La froideur, ce ton légèrement méprisant. Un ton qu'il ne prenait jamais en parlant à Hanna.

Elle se trouva une occupation dans l'entrée, mais revint aussitôt. Elle se mit à chercher quelque chose sur la table. Fit semblant de trouver le journal et le lui tendit.

Il ne leva les yeux ni sur elle ni sur le journal, qu'il ne prit pas.

— Hanna connaît quelqu'un qui saurait accorder le piano, dit Anna.

— Ah bon, qui donc ?

— Le Wilfred... Olaisen...

— Olaisen est devenu amateur de musique maintenant ? interrompit-il.

Il sentit le regard des deux femmes fixé sur lui.

— Il a justement la visite de quelqu'un de Trondhjem qui s'y connaît, dit Hanna.

Avec un peu trop de désinvolture.

— Ah bon, dit-il calmement.

— C'est une véritable coïncidence, remarqua Anna.

— Mais invite donc ces deux messieurs le plus vite possible, Hanna. Faisons donc une réception. Maintenant qu'Anna est ici.

Il s'empara du journal et se rassit. Il le feuilletait exagérément sans en lire une ligne.

— Quand donc ? demanda Hanna d'une petite voix.

— N'importe quand. Le plus tôt possible.

— Samedi soir ?

Hanna les regardait tous les deux d'un air interrogateur.

— Samedi soir ! décida-t-il.

Anna avait reposé la pile de partitions sur le piano.

— Ta mère jouait tout cela ?

— Oui, et bien plus encore. Mais c'était le violoncelle qu'elle... Ces partitions-là, je crois qu'elle les a emportées.

Il se leva et reposa le journal.

— Alors Anna, tu t'es ennuyée dans ce trou perdu ?
— Mais pas du tout ! C'est très beau et intéressant. J'aurais aimé pouvoir peindre. La lumière est tellement spéciale.

Plus tard, Hanna étant allée dans l'annexe avec Isak, il put enfin respirer librement. Anna fit remarquer :
— Vous vous connaissez assez bien tous les deux pour qu'elle supporte ça ?
— Quoi donc ?
— D'être humiliée par toi.
— Par moi ?
— Tu ne t'en rends pas compte toi-même ?

Il ne répondit pas. Hanna était donc arrivée à ses fins, pensa-t-il. Il se conduisait de manière à déplaire à Anna. Puis il se dit : mais nom de Dieu ! ce n'est pas la faute de Hanna, c'est la mienne !

— Je ne sais pas ce qui m'a pris. Probablement la mort de ce garçon, marmonna-t-il, honteux d'avoir à se trouver une excuse.

Elle ne dit plus rien. S'installa devant la fenêtre ouverte.

Il regardait son dos. Dont les lignes étaient si douces.

Ils allèrent à Strandstedet dans le bateau d'Anders, et Hanna prit la direction des opérations. Elle savait tout sur tout le monde. Racontait des histoires, s'occupait des enfants, taquinait Anders et lui-même. Une vraie sorcière !

Il se mit à parler de leur passé à Copenhague, ce qui provoqua des questions de la part de Hanna. Adressées à Anna.

L'atmosphère qui régnait entre les deux femmes n'était pas du tout en accord avec son humeur à lui.

Néanmoins il se garda bien d'humilier Hanna. Parce que Anna était présente.

Il se demandait s'il n'allait pas inviter Anna à aller à Tromsø avec lui. Mais cela pouvait la compromettre. C'était déjà assez osé qu'elle soit venue seule jusqu'ici, sans qu'elle se mette à voyager seule avec lui.

La nuit entre vendredi et samedi. Les bruits de la maison endormie. Le silence. Les oiseaux de mer. Le vent dans l'allée. La certitude d'être surveillé par Hanna.

Il ne pouvait pas dormir et fut presque soulagé quand il entendit quelqu'un frapper en bas, et des voix un peu après, sachant tout de suite qu'on venait chercher le docteur.

Il s'habilla en vitesse et descendait déjà l'escalier quand la servante montait pour le réveiller.

L'air marin fut une délivrance. Il monta sa voile. Il avait bon vent. Il allait à Grytøy voir un enfant qui ne gardait pas sa nourriture. Cela faisait trois jours que tout ressortait des deux côtés.

C'était le père qui était venu le chercher. Maintenant, il était devant lui avec son bateau.

Il avait essayé de rassurer l'homme autant qu'il le pouvait pendant qu'il cherchait de la poudre de charbon et autres médicaments dans son cabinet.

— Ça va sûrement se tasser ! Mais je vais quand même aller voir le petit.

L'homme piétinait d'impatience, n'écoutait probablement pas ce qu'il disait.

Il resta jusqu'au matin. La diarrhée s'était arrêtée. Ce n'était donc pas le typhus. L'enfant gardait ce qu'il buvait et avait meilleure mine. Il demanda aux parents de ne pas laisser entrer d'autres enfants, pendant un jour ou deux. Cela avait l'air d'une infection intestinale, mais on ne savait jamais.

La femme était sûre que c'était une maladie de sang, ou encore pire.

Il la rassura. Lui demanda de bien regarder s'il n'y

avait pas de nourriture avariée dans la maison. Elle s'en vexa, bien entendu, mais se reprit aussitôt. Il s'agissait quand même de la santé de son enfant.

— Jette tous les restes de nourriture. Lave et récure autant que tu peux.

Quand le mari, honteux, avoua qu'il n'avait pas les moyens de le payer, Benjamin hocha la tête.

— Tu as des filets à saumon ?
— Oui.
— Envoie-moi donc un beau saumon quand le petit sera remis et quand tu en auras le temps.

Puis il porta trois doigts à sa casquette, une habitude du temps où il était étudiant, et se dirigea vers son bateau.

Il avait le vent debout. Il essaya de croiser. Mais ça allait lentement. Et un mur de pluie s'éleva.

Il enfila son ciré et essaya d'allumer une pipe. Sans y parvenir. Mais il connaissait si bien la côte qu'il savait à peu près où il se trouvait.

En mer, il pouvait en tout cas penser en homme libre. C'est ce qu'Anders avait fait pendant toutes ces années.

La pluie de juin était froide. Elle fouettait son visage et ses mains. Dégoulinait en ruisseaux sur le plat-bord et les couples, se rassemblait dans le fond du bateau. Giclait sur le banc de nage et les pierres qui servaient de ballast.

Et chaque fois que le vent s'engouffrait dans la voile et que le bateau donnait de la bande, l'eau changeait de direction et coulait dans le sens inverse.

Et des images surgissaient au beau milieu de toute cette humidité : Hanna revenue pour jouer à la maîtresse de maison. Anna près du piano désaccordé.

Dans sa tête c'était comme des pions qu'il jouait les uns contre les autres. Selon l'humeur du moment. Et il fallait bien reconnaître que c'était ainsi qu'il se conduisait dans la vie.

Il fallait qu'il parle à Hanna. Avant que tout ne soit gâché.

Et il était largement assez occupé à sauver sa voile et à éviter les grosses vagues.

Quand il arriva enfin à terre, ils étaient sur le point d'aller à sa recherche. Anders et Tomas étaient déjà au bord de la mer. Ils se précipitèrent tous les deux pour accueillir le bateau.

Une fois dans l'entrée de la boutique, Anders fit remarquer qu'une coque de noix n'était pas une embarcation pour un docteur.

Benjamin lui répondit par un sourire fatigué et quelques grognements, tout en retirant son ciré.

Tomas dit qu'il faisait un vrai temps de janvier. Il remarqua son regard. Cet homme s'était inquiété pour lui. Il en ressentit une étrange petite joie.

Les sorbiers de l'allée étaient courbés quand il remonta à la ferme, mais la pluie s'était un peu calmée.

Des têtes bougeaient aux fenêtres derrière des pots de fleurs. Il était trop fatigué pour le remarquer.

Anna descendit l'escalier en courant, les jupes voltigeant comme un nuage jaune autour d'elle.

— Dieu merci, te voilà ! murmura-t-elle en se jetant à son cou.

Karna riait dans sa chambre. Il entendit le moulin à café dans la cuisine et la voix de Bergljot dans l'office. Quelqu'un marchait sur le gravier. Et cette saleté de vent tournoyait toujours entre les bâtiments.

Il resta figé quelques instants comme un imbécile. Avant de comprendre que l'occasion se présentait. Il replia alors ses bras mouillés sur elle.

— On a eu tellement peur.

Un instant après il les avait tous autour de lui. Ses bras toujours autour d'Anna.

Hanna était devant la porte de la salle à manger. Leurs yeux se rencontrèrent par-dessus l'épaule d'Anna. Puis elle disparut.

Tandis qu'il se tenait là, rescapé de la mer et élevé

au rang de patriarche adulé, Hanna avait réussi. Réussi à lui gâcher sa joie.

Un peu plus tard, pendant qu'ils prenaient leur petit déjeuner, Hanna se leva pour aller chercher quelque chose à la cuisine. En passant derrière Anna, elle se pencha et lui dit quelque chose. Elles rirent toutes deux.

C'est alors qu'il ressentit la fatigue. Il s'excusa avec politesse. Il n'avait guère dormi cette nuit...

— Mais on le sait bien, dit Hanna avec compassion.

Et un peu après il se dit :

C'est un vieil homme fatigué qui monte l'escalier.

Une ou deux fois pendant qu'il essayait de trouver le sommeil, il entendit le rire des deux femmes. Dans son demi-sommeil des scènes de sa jeunesse se présentaient. Else Marie. Hanna et Else Marie. Elles se moquaient de lui.

Hanna est trop habile, pensa-t-il à moitié endormi. Elle l'a toujours été. Il essaya d'en discuter avec lui-même. Pas trop habile, mais trop rusée ? Trop compliquée ? Mais non, s'indignait-il, elle essaie seulement d'être aimable avec Anna.

Et en rêve il se mit à la recherche d'Else Marie. De sa peau laiteuse tachée de son. Ses cheveux roux et ses cils clairs.

Il contournait l'étable d'été et enfilait des myrtilles sur une paille. Tomas arrivait en tenant les guides d'un cheval et lui racontait qu'elle s'était mariée et attendait des jumeaux. Et il se préparait à utiliser son scalpel. Else Marie. Elle se mettait à crier quand il s'approchait d'elle. Il voyait alors que ce n'était pas Else Marie. C'était Hanna.

— Notre Hanna, elle est devenue veuve, disait Tomas en essayant de passer devant lui dans le sentier étroit.

Il risquait d'être piétiné par les sabots du cheval. Il lui fallait le laisser passer. Mais ses pieds ne lui obéissaient pas.

C'est alors que Tomas lâchait le cheval. Qui était

Else Marie. Il se jetait sur son dos moucheté de blanc. Elle hennissait sous lui et se lançait dans un gouffre sombre. Ils retombaient sur une couche humide et douce.

Chapitre 10

Dès que le vent s'était calmé Wilfred Olaisen et Julius Lind étaient partis en bateau de Strandstedet pour ne pas manquer la soirée à Reinsnes.

Une fois qu'ils furent arrivés, Wilfred Olaisen passa son temps dans le pavillon à se faire servir de la bière brune par Hanna qui allait et venait.

Après la tempête tout était rafraîchi, calme et lumineux. Sauf les sons venant de la salle à manger. Oline tempêtait, les accusant de faire du bruit pendant que le docteur dormait. En plus, cela avait l'air de se prolonger et elle avait peur que Bergljot n'ait pas le temps de mettre la table.

Julius Lind insistait pour qu'on le laisse seul avec ses pling et ses plong.

Les sons traversaient les fenêtres et les fentes des portes. Comme un écho des temps passés.

Benjamin se réveilla à moitié, mais se rendormit.

Il trouvait le piano déménagé par Dina dans le pavillon. Elle avait démoli tout un mur pour l'y faire entrer. Elle avait jeté la hache sur l'abattant noir poli. Elle portait une robe de chambre rouge foncé avec, sortant de la poche, un cigare éteint. D'une main elle versait du vin sur les touches. De l'autre elle tenait une bouteille verte à long col, elle buvait au goulot, ou bien elle frappait sur les touches avec la bouteille. Ça faisait le bruit d'un ruisseau qui coule, ou d'un éboulement de pierres.

Sur la table il y avait plusieurs douzaines de bouteilles vides.

Elle se retournait vers lui, et ce n'était pas Dina. C'était Anna.

Dans l'après-midi Karna vint le réveiller.

— Papa ! La tempête est finie. Et il y a deux types qui sont arrivés. Y en a un qui démolit le piano.

— C'est sûrement pas aussi grave que ça.

— J' veux avoir mes poules à moi ! dit-elle en grimpant dans son lit.

— Ah bon ? dit-il en essayant de se réveiller.

— L'Isak il dit que c'est pas mes poules. Il a ramassé tous les œufs et les a donnés à Stine.

— L'Isak a pas de poules à Strandstedet. Il peut bien ramasser les œufs quand il est ici ?

— C'est pas ça.

— C'est quoi alors ?

— Il dit qu'une petite fille peut pas avoir de poules !

— Alors je vais lui dire qu'il se trompe.

— Non, papa. Il croirait que j'ai rapporté.

— Mais c'est ce que tu fais.

— Oui, mais il le sait pas.

— Vous pouvez pas ramasser dix œufs chacun ?

— Dix œufs chacun... et qui va ramasser les autres ?

— Le garçon de ferme.

— Peuh ! tu comprends rien. Le garçon de ferme ramasse pas les œufs.

— Bon, bon, il faut que je me lève.

— C'est pour ça que j' suis venue.

— Je croyais que c'était à cause des œufs ?

— Non, ça... Il faut bien que je te raconte quelque chose sinon tu ne te réveilles pas.

Il descendit en la portant. Bien qu'étant tous les deux d'avis qu'elle était bien trop grande pour être portée.

— Mais si tu y tiens vraiment, alors... dit-elle avec condescendance.

Anna s'était assise au piano pour donner un petit concert avant le dîner. Les invités, les maîtres de maison et les domestiques étaient rassemblés. Les portes et les fenêtres étaient grandes ouvertes.

Karna se tenait tout contre le piano et mettait des traces de doigt sur la surface polie. Son regard allait du visage d'Anna à ses doigts posés sur les touches.

La *Sonate pathétique* de Beethoven émut tous les auditeurs.

Julius Lind se posait en connaisseur. Et le commissionnaire, assis dans un fauteuil, le menton levé vers le plafond, avait passé ses pouces dans les entournures de son gilet. L'ampleur de son thorax était impressionnante, et le blanc de sa dentition parfaite luisait à travers l'ourlet charnu de ses lèvres.

Hanna demeurait immobile, le visage fermé, derrière une chaise vide, tenant la main d'Isak. Sa robe d'été rouge soulignait la minceur de sa silhouette. Elle avait copié un modèle dans un magazine de Kristiania. Elle l'avait cousue tard dans la nuit, alors qu'elle aurait dû dormir depuis longtemps.

La robe d'Anna était blanche, et venait de chez le bon faiseur.

Il voyait la différence. Mais il se sentait touché par la fierté de Hanna.

Isak avait des difficultés à retenir son rhume des foins, et Hanna se penchait continuellement pour le moucher tout en le grondant des yeux.

Anders ne voyait pas Anna, pour lui Dina remplissait la pièce.

Tomas, de l'annexe, entendit la musique. Il venait de rentrer du travail et était en train de se raser. Il sursauta.

Le sang se mit à perler d'une coupure sur la lèvre supérieure.

Il contempla sa propre image dans la glace. Il avait tourné au gris cendre en un instant.

Derrière tout le monde, Benjamin se tenait appuyé contre un mur. À un moment Anna leva les yeux et les posa droit sur lui.

Karna enfonçait son pouce dans sa bouche en fermant les yeux, se serrant encore plus contre l'instrument. Il résonnait dans tout son corps. Les sons étaient en elle. Tapant et sautant. En une course de plus en plus folle.

Les doigts dansaient sur les touches. Ils s'étiraient au-dessus de sa tête. De plus en plus longs. Se rapprochaient. Se transformaient en énormes anguilles. Se tortillaient et arrivaient jusqu'à elle. Ils étaient maintenant de grosses branches rampant vers elle.

Elle s'appuya contre elles et se laissa aller. Les laissant l'emporter dans le disque solaire et le noir luisant.

Il la vit tomber. En arrière. La musique fut couverte par un râle. Et le petit corps gisait sur le sol, tendu comme un arc.

Il se précipita et lui mit deux doigts dans la bouche. Ses petites dents aiguës s'enfonçaient dans sa chair. Cela craquait. Mais il tint bon.

Ses épaules étaient secouées et ses pieds battaient le plancher. Son visage rouge était luisant, et un mélange de bave et de sang, le sien à lui espérait-il, lui coulait entre les doigts.

Les yeux fixes et grands ouverts, elle regardait à travers lui.

Anna s'était levée, le visage blême et les mains en l'air.

Les derniers accords n'étaient pas sur la partition. Ils vibraient encore entre les visages incrédules.

Mais le silence l'emporta.

Quand il vit le visage de l'enfant devenir bleu, il arracha ses doigts de sa morsure et lui dégagea les voies respiratoires. Comme il l'aurait fait pour vider un poisson, extirpant les entrailles par les ouïes. Puis il desserra son corsage et déboutonna sa belle robe avec une telle force que les boutons en sautèrent sur le plancher.

De petits boutons de verre blanc avec un cœur rouge au milieu. L'un d'eux roula jusqu'aux chaussures d'été neuves de Wilfred Olaisen. Il s'arrêta là, vacillant un instant.

Quelques spasmes firent croire à Benjamin qu'elle allait vomir. Il la coucha sur le côté et entendit sa propre voix quelque part dans le vide.

Il répétait son nom. Avec calme et autorité. Sans discontinuer.

Elle regardait dans le vide, son corps se détendait entre ses mains. Lentement elle se calmait, toute blanche.

Ils étaient tous deux en nage quand, sans regarder personne, il la transporta dans sa chambre.

Le calme qui suivait une crise venait toujours comme un soulagement. Cette fois aussi, ils s'en étaient sortis.

Mais il avait reçu un avertissement. Le mal de Karna pouvait empirer.

Stine avait déjà préparé une tisane d'alchémille. Elle se glissa sans bruit et la déposa sur la table.

Il ne protesta pas. Il savait bien qu'elle administrait d'autres remèdes dont les vertus curatives pouvaient plus difficilement s'accorder avec la médecine qu'il exerçait.

Après l'avoir lavée et changée, il resta assis près d'elle.

Elle revenait à elle, lentement.

— Papa, tu saignes, fut sa première remarque.

Il regarda ses mains. Elle lui avait mordu une partie du majeur.

— Maintenant Karna doit dormir, parce qu'elle s'est fait mal en tombant, dit-il en repoussant une mèche humide du visage exsangue.

— Faut pas avoir peur des mains de Hanna. Elles sont pas dangereuses, murmura-t-elle.

Et elle glissa dans un lourd sommeil.

La table était resplendissante, on n'avait rien épargné.

Lind et Olaisen savaient se tenir en société, et se mettaient en frais de courtoisie auprès des dames.

Ils étaient six à table, avec Anders et Benjamin à chaque bout. Il sentait monter en lui une irritation sans fondement rationnel. La table était aussi petite que possible pour six convives. N'empêche qu'il se retrouvait tout seul à un bout.

Il fallait bien avouer qu'Olaisen faisait partie de la catégorie des hommes virils. Cette catégorie était assez répandue dans le Nordland. Quant à l'accordeur de piano, il était de plus expert en musique, à ce qu'il paraissait.

À son retour au salon, il avait senti la réaction incrédule des deux hommes devant son rôle de père.

Il imaginait la conversation entre eux : Bien sûr que ça paraissait grave, et Grønelv était bien sûr docteur. Mais quand même, se conduire comme une bonne d'enfant !

Mais personne ne fit de commentaires. Il avait l'impression qu'il était arrivé quelque chose dont on ne pouvait pas parler. Il avait déjà rencontré cette attitude. L'effroi et la fuite des gens devant les crises de Karna. Cela le révoltait, mais il ne pouvait rien y faire.

Anna était placée à côté d'Anders. Elle semblait si loin. C'est peut-être pour cela qu'il ne l'avait pas entendue demander des nouvelles de Karna.

Hanna s'était mise à côté de lui. Elle avait les grosses pattes d'Olaisen de l'autre côté. Il les tenait devant son assiette comme deux précieux objets d'exposition, ayant l'air de dire : Regardez bien les mains d'un vrai homme ! Elles savent ramer !

Anders tenait les siennes sous la table. Comme s'il avait peur qu'on l'accuse de vouloir tous les étrangler.

Par contre, cet Olaisen n'était pas seulement pourvu de pattes. Il avait aussi la réplique facile. Et des projets. Il allait construire l'avenir et remettre les choses à leur juste place.

Il se souvint que le type lui avait paru assez éveillé

la première fois qu'il l'avait rencontré. Un peu naïf, un peu trop bavard et fanfaron. Maintenant il était à Reinsnes parce qu'il avait procuré un accordeur de piano, afin qu'Anna puisse jouer juste. En plus il faisait la cour à Hanna et voulait construire un quai.

— Pas un de ces embarcadères pour petits bateaux, non, un quai pour le vapeur ! disait-il avec modestie.

D'une certaine manière il faisait penser à Aksel. Donc, il aurait dû pouvoir converser avec ce type. Mais ce soir-là tout était faussé. Surtout quand Wilfred Olaisen avait la parole. Et il l'avait tout le temps. Les mots sortaient à flots de cette belle tête. Bien sûr, ce n'était pas lui qui gâcherait son plaisir à Hanna.

— Mlle Anger a un don musical certain, disait Julius Lind, mais elle a peut-être eu quelques accords trop durs. Je le lui montrerai après le dîner, si elle veut bien, ajouta-t-il, condescendant.

Tourné vers Hanna, il dit :

— Vous avez une bien jolie robe ! Je devine que vous l'avez confectionnée vous-même ?

L'homme aspira l'air entre ses dents, lui tapota discrètement la main, et enchaîna.

— À Trondhjem, les dames s'habillent un peu autrement. Mais vous êtes tellement charmante dans cette robe, mademoiselle Hanna.

Les pattes d'Olaisen et le ton méprisant de Lind avaient suffi à couper l'appétit de Benjamin. En plus il remarquait qu'Anna souriait de toute sa personne à Olaisen.

Si Aksel avait été là, il aurait pu le prendre à part et dire avec la voix de Lind : « Jolie robe, n'est-ce pas ? »

Et Aksel aurait renversé la tête en arrière et fait ses bruits de gorge qui ressemblaient au glou-glou d'un tonneau de bière à moitié vide. Mais Aksel n'était pas là. Bien au contraire, il se traînait sous les jupes de Dina à Berlin.

Il savait que le manque de sommeil donne une impression de solitude. Mais ce soir tous semblaient comploter contre lui. Et la fatigue se ressentait comme une chape de plomb.

Il vida à nouveau son verre.

Bergljot accourut avec la carafe.

— Le docteur veut-il son café et son cognac dans le fumoir ?

Et un peu plus bas :

— Les dames y vont aussi ?

Il baissa la voix aussi. Lui demanda d'aller voir Karna. Souvent. Puis se tournant vers les autres avec un sourire :

— Si les dames supportent la fumée en notre compagnie, le café sera servi dans le fumoir.

Anna avait les joues roses. Elle rit et dit qu'il savait bien qu'elle préférait les fumoirs.

Il se rendait compte qu'elle parlait trop fort.

Hanna hocha la tête avec hauteur. L'intimité qui avait pu exister entre Anna et Benjamin dans les fumoirs de Copenhague s'inscrivait dans l'acuité de ses pupilles.

Mais Olaisen riait, les yeux brillants, et dit :

— Alors, on s'est déjà enfumé à Copenhague. Tiens donc, tiens donc...

M. Lind se leva pour tirer la chaise d'Anna et lui murmura quelque chose qui la rendit encore plus belle.

Olaisen sauta sur ses pieds pour aider Hanna, comme s'il venait d'apprendre un nouveau jeu de société.

Seulement, c'est du punch que Lind voulait, pas du cognac. Si c'était possible ? Et il préférait le pavillon. Si c'était possible ?

— On risque d'y avoir froid, répliqua Hanna.

Mais Anna voulait aussi y aller. Cela fut décisif.

Donc Bergljot dut transporter tasses et verres, punch chaud et cognac tempéré jusqu'au pavillon. À neuf heures du soir.

Il fallut envelopper les dames de châles et leur mettre des coussins sous les fesses avant de pouvoir enfin allumer son cigare.

Benjamin s'excusa pour aller voir Karna.

La couleur de son visage et son pouls étaient normaux. La peau presque sèche.

Quand il posa sa main sur la sienne, elle attrapa son doigt abîmé, comme dans un réflexe, suça sa langue et soupira.

Il se sentit transporté un instant. Tout le reste ne comptait plus. Il ne pouvait même plus se souvenir de quoi il s'agissait. Tout le reste.

Bergljot passa près de lui dans l'entrée, un plateau plein dans les bras et les cheveux en désordre. Elle rangeait dans l'office.

Il lui donna une tape prudente sur l'épaule.

— Va voir Karna... souvent. Nous, dans le jardin, on se débrouille tout seuls. Je laisse la porte entrouverte. Appelle-moi s'il y a quelque chose.

— Elle a jamais fait une aussi mauvaise chute, dit-elle en le regardant timidement.

— En effet, répondit-il.

À ce moment même il se rendit compte qu'elle était la seule à avoir dit quelque chose.

— Le docteur est fatigué ?

Quelque chose monta en lui. Le prit à la gorge.

Bon Dieu, pensa-t-il, me faut-il si peu de chose ? Un seul mot. Prouvant que quelqu'un comprend à quel point cette enfant compte pour moi.

Il lui prit le plateau des mains et le porta à la cuisine. Tandis qu'il essayait de trouver une place où le poser sur le plan de travail encombré, elle le suivit.

— Le docteur n' devrait pas... Oline serait furieuse.

Il restait une bouteille de madère à moitié pleine sur la table. Il trouva deux verres et les remplit. En tendit un à Bergljot et, trinquant avec elle, il cria à Oline dans sa chambre :

— À ta santé, Oline ! Et merci pour ce bon repas ! Tu es un ange.

— Comment va la petite ? entendit-il.

— Bien. La Bergljot est un ange elle aussi.

— Mais elle a dû se faire bien mal, pauvre petite.

— C'est fini, dit-il en passant la tête à travers la porte.

Oline trônait dans son lit avec son verre, comme elle en avait l'habitude.

— Je prends mon médicament pour alléger mon sang, dit-elle un peu gênée.

— Tu as bien raison, dit-il en riant, et il ferma la porte.

Bergljot était près du plan de travail quand il traversa la cuisine. Il s'arrêta.

— Tu dois être fatiguée, toi aussi.

Elle leva la tête en rougissant.

— Oh non.

— Je vais essayer de faire partir bientôt les invités, dit-il comme s'il parlait à une complice et non à une servante.

— Oh non, reprit-elle.

Il entendit les rires venant du pavillon quand il ouvrit la porte.

Il eut un instant l'envie de faire demi-tour. Puis il prit sa décision. Sortit dans la nuit de juin pour les rejoindre et voir s'il avait vraiment risqué de perdre quelque chose.

Dès qu'il se fut assis près de la porte vitrée ouverte avec son cigare allumé, il sentit les premiers moustiques.

Puis Olaisen commença à parler du quai.

Il avait amassé le capital nécessaire pour les matériaux. Restait à faire construire. Pour une somme raisonnable. Était-il possible pour le docteur, ou bien Anders qu'il appelait un peu trop tôt par son prénom, d'investir là-dedans ? Car l'avenir, il était à Strandstedet.

Son discours était long. Anna l'interrompit par un hommage au paysage et à la lumière. À la verdure. Tout était si vert ici. Les feuilles, les champs...

Olaisen ne s'arrêta pas pour autant. Prédisant que dans peu de temps le vapeur ne s'arrêterait plus dans les endroits reculés. Il ne dit pas que Reinsnes en était un. Pas du tout. Au contraire il dit qu'il serait bon pour Reinsnes d'avoir plusieurs cordes à son arc. Le commerce et le transport avaient fait vivre Reinsnes depuis des générations. Il fallait maintenant saisir l'instant propice. Et c'était un quai. Un quai à Strandstedet. On ne pouvait pas arrêter le progrès. Le chargement et le déchargement. L'expédition. À partir d'un quai.

Anders déclara qu'il était trop vieux pour discuter affaires si tard dans la soirée, et leur demanda de l'excuser. Puis il vida son verre, leur souhaita bonne nuit et s'en alla.

Benjamin pensait qu'Olaisen aurait fait un bon prédicateur. Il avait trouvé sa vocation. C'était un quai.

Il remplit son verre à nouveau et se glissa à la place d'Anders. À côté d'Anna. Tout bas il la remercia d'apprécier son pays.

Tourné vers Olaisen il dit, ce qui était vrai, que toute sa fortune résidait en biens immobiliers et en son activité de médecin. On ne pouvait guère compter sur lui comme associé. Anders était celui qui gérait les finances à Reinsnes.

— Mais on est touchés de l'intérêt qu'Olaisen montre envers Reinsnes, ajouta-t-il.

Anna le regarda avec étonnement. Elle avait saisi l'ironie. Il se dit que même un balayeur de rue à Copenhague l'aurait saisie, alors qu'Olaisen y restait imperméable.

L'homme avait sauté sur ses pieds.

— Mais pour l'amour du ciel appelle-moi Wilfred !

Sans que Benjamin ait pu y faire quelque chose, tout le monde s'était mis à se tutoyer, et il avait déjà plus de piqûres de moustiques qu'il ne pouvait en compter.

Les autres hommes n'attiraient visiblement pas les moustiques. Anna s'éventait de plus en plus fort avec son châle, tandis que Hanna restait impassible.

Elle regardait les insectes d'un air lointain. Et quand, repus de sang, ils essayaient de s'envoler, elle les tuait d'une claque précise. Une habitude dégoûtante qu'elle avait depuis l'enfance. Cela lui avait donné une certaine supériorité. D'une certaine manière, elle l'avait conservée.

— Ah non, dit-il avec autorité. On rentre ! Les moustiques qui n'ont pas peur de la fumée de cigare et du cognac, il faut les fuir.

Anna lui lança un regard reconnaissant. Et, à sa grande surprise, parce qu'il avait émis ce désir, tout le monde s'y plia.

Bon, il fallait bien se servir des armes qu'on avait. Il ne savait ni accorder un piano, ni construire un quai. Mais il pouvait en tout cas prendre une décision quant aux moustiques.

Pour être honnête, il avait espéré que cela donnerait l'idée aux deux hommes de prendre congé et de rentrer chez eux. Mais il n'en fut rien.

À onze heures ils étaient toujours au fumoir. Julius Lind était intensément occupé à décrire la vie musicale à Trondhjem. Hanna était allée voir les deux enfants.

À son retour elle fit un signe de tête à Benjamin et dit :

— Ils dorment comme deux anges tous les deux.

Il rougit, s'imaginant qu'elle avait dit à haute voix :

— Tu te souviens de la fois à Bergen où tu voulais dormir dans mon lit ?

Hanna n'avait pas dit ça. Mais elle avait marqué sa position à Reinsnes.

Envers Wilfred ? Envers Anna ? Envers les deux ?

On avait consommé pas mal de bouteilles. Bergljot en apportait une nouvelle qu'elle essayait maladroitement de transvaser dans une carafe, devant tout le monde.

— Va faire ça dans l'office, dit Hanna avec autorité.

Anna la regarda, étonnée. Les deux autres hommes, occupés par leurs affaires, n'avaient pas remarqué l'humiliation infligée.

Il espérait intensément que quelqu'un viendrait chercher le docteur. Il se leva, alla vers la servante et lui prit la bouteille des mains.

— Va te coucher maintenant, Bergljot. On peut se débrouiller seuls.

Le regard de la jeune fille allait craintivement de lui à Hanna. Ce qui n'échappa pas à Anna.

— Bonne nuit, Bergljot ! Et merci ! dit-il.

Elle fit une révérence, murmura bonne nuit et se sauva.

Il transvasa le vin, un cigare aux lèvres.

Hanna buvait du sirop de framboise qu'elle versait d'une carafe marquée du monogramme de Dina et Jacob Grønelv.

Dina s'en servait pour le porto qu'elle gardait dans la salle à l'étage.

Cela l'irritait de voir Hanna s'en servir pour du sirop de framboise. Ce qui n'empêchait pas Hanna d'être belle. Son teint, sa voix, ses mouvements. Comme si elle s'adressait à chacun pour dire :

— Voyez ! Essayez donc de me coincer ! Ce ne sera pas facile !

Et Anna était occupée à converser à voix basse avec l'accordeur de piano. De quoi parlaient-ils ? Ce manège durait-il depuis longtemps ? Est-ce que ce type n'avait pas déjà l'air d'un fiancé ?

Il essaya de les interrompre dans leur conversation. Mais il faillit perdre son cigare sur les genoux d'Anna.

Il eut envie de l'humilier. Non, d'humilier Hanna ! Toutes les deux ? Par exemple il aurait pu dire :

— Hanna, il se fait tard. Peux-tu raccompagner les invités ? Anna et moi nous voulons nous coucher.

Il se mit tout à coup à rire à l'idée de l'effet que pourrait produire une telle phrase. Tous les quatre le regardèrent.

Wilfred, qui continuait à pérorer sur la merveille de l'avenir : le quai, s'arrêta et dit :

— Pardon ?

Benjamin fixait son cigare tout en secouant la cendre sur le tapis. Il n'était pas maître de sa main.

— Il y a quelqu'un ici qui croit qu'on peut débarquer l'amour sur un quai ?

Personne ne répondit.

C'était effrayant. Personne n'avait d'opinion sur quelque chose d'aussi important.

— Eh bien, dit-il avec autant de bonhomie que possible. Alors, il n'y a plus rien à faire. Il ne reste qu'à aller se coucher.

Wilfred sauta sur ses pieds. N'était-il pas aussi blanc que ses dents dans sa bouche entrouverte ?

— Non, restez assis, je trouverai le chemin, dit-il en lui donnant une tape sur l'épaule en passant.

Il avait vraiment deux têtes. Aussi belles l'une que l'autre, mais un peu diffuses.

Couché tout nu dans le lit à baldaquin dans la salle, il fut conscient d'avoir tout organisé. En tout cas les dernières minutes.

Son parfum flottait dans l'air. Dans les draps. Partout. Cela sentait Anna. La fenêtre était ouverte, laissant entrer la mer. Ce n'était pas seulement sa mer à lui. C'était l'odeur de la mer d'Anna.

Il se réveilla alors qu'elle le secouait.

— Qu'est-ce que tu as encore inventé ?

— Viens me consoler, murmura-t-il.

— Tu parles ! Allez, debout, et rentre dans ta chambre !

— Je suis dans ma chambre.

— Tu me compromets devant toute ta famille !

— Le quai et l'accordeur sont partis ?

— Oui ! Debout et dehors !

Il essaya de l'attraper pour l'attirer vers lui, mais elle se dégagea. Il comprit vaguement qu'elle s'en allait. Mais il n'arriva pas à la poursuivre. Il y renonça et s'endormit.

Chapitre 11

Le lendemain matin Bergljot devait apporter de l'eau chaude pour la toilette d'Anna. Une fois entrée dans la salle, elle resta un instant pétrifiée. Les mains tremblantes elle déposa le broc, fit une révérence et s'écria :
— Que le docteur m'excuse ! J' savais pas.

En un clin d'œil, il fut réveillé. Le repentir lui traversa la tête comme un coup de fusil. De plus il se rendit compte qu'il était nu sur le lit, sans couverture.

Elle s'apprêtait à ressortir.
— Attends ! Bon Dieu, attends, Bergljot ! J'ai dû me tromper... prendre sa chambre à Anna.

Il sauta du lit, cherchant quelque chose à se mettre sur le dos.

La jeune fille se retira, effarée, dans un coin, n'osant pas quitter la pièce. Elle fixait l'homme nu.
— Où peut-elle bien être ? Il faut... je veux dire, cela doit rester entre nous, ma fille !

Avec gravité, elle acquiesça d'un mouvement de tête et ouvrit la bouche pour dire quelque chose, sans y parvenir.
— Tu ne l'as pas vue ?

La servante fit non de la tête.
— Elle est... peut-être... dans la chambre du docteur.

Il avait enfilé un pantalon et attrapait maintenant sa chemise.

En passant devant elle, il se souvint vaguement de leur alliance la nuit dernière. Il lui tapota la joue.

141

— Un secret entre nous ! Hein ? Tu n'auras pas à le regretter ! Pas un mot à qui que ce soit !

Bergljot avait dix-sept ans. Un ange aux cheveux blonds, une jeune fille de bonne famille. C'était le deuxième été qu'elle passait à Reinsnes pour apprendre à se tenir et à tenir une maison. Elle n'avait jamais vu d'homme nu.

— Pas un mot !

Et elle s'enfuit.

Il secoua le loquet de la porte qu'il trouva fermée. Elle était donc là. Mais il n'osa pas appeler.

Le seuil de la porte était usé en son milieu, laissant ainsi une petite fente. Il rentra dans la salle, trouva de quoi écrire et griffonna : Chère Anna, la route est libre. Pardonne-moi, pardonne-moi ! Benjamin.

Aux aguets, il se faufila dehors, glissa le billet et attendit. Ils étaient de chaque côté de la porte, sachant que l'autre était là. Il entendait sa respiration.

Puis elle tourna la clé dans la serrure et se retrouva devant lui. Pudiquement enveloppée dans une robe de chambre bleue. Sa robe était posée sur une chaise à l'intérieur.

À cet instant même Hanna sortit sur le palier.

Les deux femmes se mesurèrent du regard.

Il essaya de trouver quelque chose à dire qui aurait convenu en cette circonstance. Mais un violent mal de tête empêchait toute réflexion intelligente.

Hanna inspira fortement et dit :

— Bonjour ! On a bien dormi ?

— Ce n'est pas ce que tu crois, bégaya Anna.

— Allons, voyons ! dit Hanna en s'avançant vers la rampe de l'escalier.

— C'est ma faute, dit-il bêtement.

Hanna eut alors un rire de gorge.

— Bien sûr, j' sais combien tu détestes dormir seul !

Il marchait à grands pas vers elle. Après coup il se

rendit compte que s'il l'avait rejointe, il l'aurait frappée. Mais elle s'esquiva et disparut dans l'escalier.

Anna passa devant lui sans le regarder. Ce n'est qu'une fois la porte de la salle refermée sur elle qu'il finit par saisir toute l'ampleur de cette affaire.

Il entra derrière elle sans frapper.

Elle était près de la fenêtre, le dos tourné, et faisait semblant d'ignorer sa présence.

— Anna !

— Je sais que je suis dans ta chambre, mais puisque je suis là, peux-tu être assez aimable pour t'en aller et me laisser faire ma toilette.

Sa voix était de glace. C'était impressionnant. Excitant. Y avait-il une ombre d'amertume ?

— Peux-tu pardonner à un idiot ?

— Je t'ai déjà pardonné il y a trois ou quatre ans. Mais je ne peux pas te pardonner de me faire passer aussi pour une idiote. Aux yeux de ta famille et de tes domestiques. J'ai trop de fierté pour supporter cela.

Elle se retourna vers lui. Ses yeux. Une lumière d'un bleu intense. Comme venant d'un glacier. Il la retrouvait. Mon Dieu, comme il la retrouvait ! C'était bien Anna. Furieuse. Intelligente. Avec tout son sang-froid. Belle. Une femme moderne qui savait montrer sa force. Le dompter ! Le remettre à sa place.

Il passa sa main dans ses cheveux et dit :

— Anna, cela n'a jamais été mon intention. Ce que j'ai fait est impardonnable. Veux-tu que je fasse passer une annonce dans la *Gazette de Tromsø* pour faire part de mes regrets, je suis prêt à le faire. Mais pardonne-moi, je t'en prie.

— Ils sont combien à être au courant ?

— Aucun, lui mentit-il.

— Hanna croit savoir.

— Je vais lui expliquer...

— Après le commentaire qu'elle a fait, je crois que c'est inutile.

— Je vais en informer toute la maison, si tu veux.

— Informer de quoi ?

Elle se mit à ranger quelques vêtements spécifiquement féminins d'une chaise à une autre. Fébrilement.

— Je suis furibonde ! dit-elle avec un calme mesuré.

— Tu as toutes les raisons de l'être. C'était ces types. Ils m'ont énervé. Je n'avais guère dormi la nuit d'avant... je me suis saoulé. Je ne m'en souviens guère. C'était bête.

— Ah ça oui ! Plutôt bête !

— Que puis-je faire ?

— Disparaître et me laisser à ma toilette. Prendre garde à rester sobre pendant le petit déjeuner. Et puis faire une longue promenade avec moi le long de la côte. Toujours aussi sobre ! Et seuls tous les deux.

Il avait plu pendant la nuit. Cela sentait l'herbe mouillée et les feuilles de bouleaux quand il traversa la cour pour aller aux cabinets.

Il verrouilla la porte et reprit sa respiration. Enfin il se retrouvait seul avec son désir. Désir de toucher une peau. Oui, une peau.

La tête lui tournait, il se mit à se caresser en fermant les yeux.

Ce fut vite fait. Ensuite il repoussa l'image de Hanna et garda celle d'Anna. Comme une main légère sur son membre.

Hanna mangeait dans la cuisine. Ostensiblement.

Il se décida à lui parler. Le jour même. Ou le lendemain. Bientôt. Quand l'occasion s'en présenterait.

Anna ne disait pas grand-chose. Le grincement des couverts sur la porcelaine lui portait sur les nerfs. Chaque fois qu'il reposait sa tasse sur la soucoupe, cela faisait le bruit d'un éboulis de pierres.

Le pain avait une couleur bizarre qui lui répugnait. Le beurre et la confiture n'étaient pas appétissants. Il ne comprenait pas comment il avait trouvé la force d'être excité moins d'une demi-heure auparavant.

Maintenant il était vidé. Sans tête. Il aurait préféré

pouvoir se coucher de tout son long et rester tout à fait tranquille.

Il entendit la voix de Karna dans la cuisine et se rendit compte qu'il avait totalement oublié son existence. Que serait-il arrivé si elle avait eu une nouvelle crise au milieu de la nuit ? Aussi forte ? Bien qu'il arrive rarement qu'elles soient si rapprochées.

— Tu veux que je te passe quelque chose ? dit Anna en montrant des plats.

— Anna, j'ai tellement honte !

Quand il leva la tête, il vit de l'amusement dans son regard. C'était bien ça, les femmes. On ne savait jamais sur quel pied danser.

Avait-elle fait semblant d'être bouleversée ? Était-elle là en train de se moquer de lui ? Alors qu'il en avait la nausée et lui avouait sa honte ? Il se trouva ridicule. Était-ce ainsi qu'elles étaient ? Il leur suffisait d'obliger un pauvre type à s'agenouiller, après ça tout allait bien. Bon. Si c'était ça, qu'elle voulait, elle l'aurait. À genoux.

Il regarda autour de lui dans la pièce. La porte de l'office était entrouverte. Il se pencha en avant sur la table et murmura, tout pâle :

— Je te désirais. J'ai dû y penser toute la soirée. J'étais fatigué, je n'en pouvais plus. Et cependant je te désirais.

Elle se mordit une lèvre, sa bouche tremblait. Elle n'en devint que plus rouge et plus gonflée. Elle le savait ! Elle avait été là, le sachant.

Sa robe n'avait pas un décolleté profond, mais elle était faite d'une étoffe mince. Qui montait et descendait. La petite fente au milieu. Les fines dentelles autour de son cou. Elle y passa un doigt.

Prenait-elle du plaisir à le voir là, en train de la contempler ? Pâle, pitoyable, avec la gueule de bois. N'arrivant même pas à manger. Sans pour cela s'empêcher de la dévorer des yeux.

— Anna, ça me rend fou d'être aussi près de toi sans... Je t'enlève. Derrière les rochers de l'enclos.

Non, dans la montagne. La mousse y est molle comme du velours. Tu verras...

— Docteur Grønelv ! le menaça-t-elle dans un souffle, les yeux luisants et les joues roses, tout en se mordant la lèvre à nouveau.

Un peu plus tard en redescendant vers l'enclos et la mare, tout était rentré dans l'ordre et il lui demanda, las :

— Tu t'es ennuyée hier ? Pendant que je faisais ma tournée ?

— Pourquoi me demandes-tu cela tout le temps ?

— Le mauvais temps et ce trou perdu...

— Bêtises ! J'ai feuilleté les magazines de mode de Hanna et je me suis inquiétée pour toi. Surtout ça. Karna et moi avons eu une longue conversation à propos d'une fourmilière derrière l'étable. Elle est intelligente. C'est dommage qu'elle ait ces crises. Peut-être mon père peut-il faire quelque chose, ou bien connaît-il quelqu'un. Et puis je suis allée à l'écurie avec le brave Tomas. Je l'aime bien. Il m'a raconté que ta mère avait des chevaux de selle quand elle était là. C'était une autre époque, a-t-il dit.

Elle se mit à rire à l'idée de ce que Tomas avait dit.

Tomas, ah oui ! aurait-il pu dire, Tomas, c'est mon père, tu sais.

Mais au lieu de cela il dit :

— Je crois que Tomas et Dina se connaissent depuis toujours.

— Tu en as des nouvelles ?

— Quelquefois.

— La petite Karna m'a raconté que sa grand-mère habitait au grenier.

— Oui, elle a décidé cela. Elle et moi nous parlons de Dina. Anders ne le fait jamais sans y être forcé. Ils sont mariés, tu sais.

— Mariés ? Vous avez de curieuses relations familiales.

— Bien pires que tu ne l'imagines.

Ils étaient arrivés à la pierre plate sur laquelle on pouvait s'asseoir. Le soleil était déjà haut et brillait à travers les bouleaux.

— Raconte un peu !

— Elle s'est mariée avec Anders pour laisser Reinsnes et moi-même en de bonnes mains.

— Seulement pour ça ? Il est plutôt bel homme.

— En tout cas elle l'a laissé. Ou bien était-ce pour échapper à elle-même ?

— Que veux-tu dire par là ?

— Je ne sais pas, dit-il évasivement.

— Peut-être n'y avait-il pas assez d'amour ?

— Quand Anders en parle, alors... mais il est probablement amer.

— Pourquoi n'est-il pas parti la rejoindre ?

— Anders est un homme de la mer, il mourrait dans une grande ville.

Ils restèrent assis ainsi un moment.

Il n'y avait pas si longtemps, elle était fâchée contre lui. Maintenant ils pouvaient même rester silencieux sans que cela devienne pénible.

Elle dit alors brusquement :

— À propos, cela m'a frappée hier soir... Pourquoi ne t'es-tu pas marié avec elle ?

La question était inattendue. Une attaque en embuscade. Il fit un effort pour la regarder en face. Feignant de ne pas comprendre.

— Qui ?

— Hanna. Elle le voudrait bien. Tu le sais ?

Le sais-je ? pensa-t-il.

— Tu veux dire... parce que je la connais depuis toujours ? dit-il désinvolte.

— À cause de ça aussi. Elle est belle... et habile... avec Karna !

— Tu ne t'es pas mariée avec Aksel ?

— Il n'est ni beau ni habile, je le connais seulement depuis toujours, répliqua-t-elle dans un rire.

Il fut forcé de sourire. Cela allégeait l'atmosphère. Cette histoire avec Hanna.

— Tout le monde aime Aksel, as-tu dit un jour. Tu te souviens ? demanda-t-il.

— Oui, je m'en souviens. Et Hanna ? Est-ce que tout le monde l'aime aussi ?

— Je le pense.

— Toi aussi ?

Il aurait été facile de répondre : non, je n'aime pas Hanna. Mais quelque chose lui dit qu'elle ne le croirait pas. Le mensonge serait alors inutile.

— Bien sûr que j'aime Hanna. Depuis toujours. Mais...

— Mais ?

— C'est une autre sorte d'amour.

— Que quoi ?

Là il aurait dû répondre : que ce que je ressens pour toi ! À la place de cela il dit :

— Tu sais bien ce que je veux dire.

Elle ne répondit pas. Puis elle demanda :

— Tu sais qu'Aksel vit avec Dina à Berlin ?

Il avala sa salive.

— Je le sais, mais je ne savais pas que tu...

— Elle... Dina m'a écrit une ou deux lettres.

— Quoi ? À toi ? dit-il avec étonnement.

Mais elle n'y prêta pas attention.

— Dans la première elle me demandait si j'avais de tes nouvelles.

Elle fit une pause avant de continuer :

— Si c'était Aksel que je choisissais ou... Si c'était Aksel, elle le renverrait chez lui. Mais elle y mettait une condition.

— Une condition ?

— Je devais lui pardonner.

— Nom de Dieu !

— Tu ne veux pas savoir ce que je lui ai répondu ?

Il la regardait hébété.

— Je lui ai répondu qu'elle pouvait le garder. Je le connaissais depuis toujours, c'était tout. Un peu plus tard elle m'a écrit pour demander qui était mon favori.

Elle s'était levée et se tenait les poings sur les

hanches, l'air provocant. Elle exigeait quelque chose de lui.

Il ne pouvait pas se décider. Il ne pouvait pas lui raconter qu'il ne pouvait pas exercer la médecine ici. Pas maintenant. Cette journée avait déjà été assez pénible.

Elle resserra son châle plus étroitement autour d'elle. Le vent essayait de le lui arracher, dans ses vêtements, dans ses cheveux.

Il ne fut pas capable de dire autre chose que :

— Je crois que le vent se lève.

Elle tourna alors les talons et partit sur le sentier vers les champs. Son châle voltigeait derrière elle. Des franges jaunes dans une lumière blanche.

— Anna ! cria-t-il.

Elle s'arrêta et se retourna. Sa voix était triste.

— Nous ne faisons donc que passer. C'est tout.

Elle marchait vite. Il courait derrière, mais n'arriva pas à sa hauteur avant qu'on ne puisse les voir des maisons.

La tête lui tournait. Un mélange de gueule de bois, d'effort brutal, de savoir qu'on pouvait les voir. Il s'accrochait à elle, essoufflé, pitoyable. Mais elle ne se sauva pas.

— Je n'ose pas te le demander. Je ne peux pas t'enfermer ici, Anna. Tu en mourras. C'est à peine si je le supporte moi-même.

— Eh bien, partons, alors ! Ensemble ! dit-elle en lui prenant le bras.

— Karna...

— On l'emmène !

— Tu pourrais ?

— Pourquoi pas ?

— Elle n'est pas à toi.

— Toi non plus. Néanmoins je te demande en mariage. Maintenant !

Il l'avait oublié. Comment était Anna.

— Tu y as bien réfléchi ?

Elle jeta son châle sur lui.

— J'y réfléchis depuis quatre ans. Puis je suis venue ici. Toute seule. Sophie devait m'accompagner pour tranquilliser maman. Autrement il n'en était pas question. Au dernier moment elle a simulé une maladie, pour me laisser partir seule. Tu ne comprends vraiment rien, espèce d'idiot ?

Il replia soigneusement le châle. Le regarda. Le replia encore une fois et le mit dans sa poche. Il n'y entrait pas. Il se dépliait. La brise l'emportait, l'entortillait autour de ses jambes, lui mettait des franges à l'aine.

— Je suis d'accord !

— C'est encore heureux que tu le reconnaisses, dit-elle.

— Non ! Ce que je veux dire c'est que j'accepte. Je te dis oui ! Mais il faut d'abord que je te dise quelque chose.

Elle le regarda avec soupçon.

Il battit des bras dans un mouvement découragé. Sachant à quel point cela paraissait stupide. Comme s'il s'agissait d'un malheur. N'empêche qu'il recommença.

— Les autorités norvégiennes ne veulent pas m'autoriser à exercer la médecine, s'écria-t-il.

Elle continuait à le fixer. Elle est perdue maintenant. Eh bien, c'est fini.

— Qu'est-ce que tu as fait ?

— Fait ? Rien du tout. Ils ne reconnaissent pas la validité de mes études à Copenhague.

— Tu veux rire ! fit-elle ébahie.

— C'est le verdict de ces messieurs de Kristiania ! Alors tu comprends que je n'ai pas grand-chose à t'offrir.

Elle continuait à le fixer. N'allait-elle pas bientôt en finir ? Pour qu'il puisse enfin disparaître de la surface de la terre. Il l'entendit dire :

— Je veux que tu me fasses ta demande. Que tu pratiques la médecine ou pas. Je peux donner des leçons de piano. On peut cultiver des pommes de terre dans les champs là-bas.

Il ne pouvait pas s'empêcher de rire.

Donc c'était décidé. C'était vraiment décidé ! Une fois pour toutes. Ce serait Anna et lui !

— Tu veux m'épouser ?

— Quand ? demanda-t-elle, pratique.

— Quand tu voudras ! Cet automne. Non, aussi vite que possible !

Il se sentait sans forces, avait un peu mal au cœur, mais une grande et fragile joie lui emplissait la poitrine.

Elle était là, resplendissante. Les yeux étoilés de bleu. Il l'avait déjà vue ainsi. Cela lui faisait mal. Terriblement mal.

Comment allait-il y arriver ? Conserver la joie dans ses yeux pour le restant de la vie.

— Tes yeux...

— Quoi donc ? murmura-t-elle tout près de lui.

— Tu finiras par m'en vouloir d'avoir accepté.

— Je t'aime, Benjamin !

Il la serra fort contre lui. Elle était beaucoup trop légèrement vêtue. Il sentait qu'ils se balançaient légèrement. Il écarta les jambes. Mit une main sur sa hanche et la pressa contre lui. Elle était si mince. Douce et dure.

Les genoux enfantins de la Karna morte lui apparurent sur le ciel grisâtre. Un fleuve rouge s'écoulait entre eux vers les îlots.

Aurait-il jamais le courage de faire un enfant à Anna ?

Les femmes avaient un sens pratique qui le laissait pantois.

Anna décida tout de suite de partir à Copenhague pour les préparatifs du mariage. Lui la suivrait plus tard. Et il fallait écrire tout de suite. Ils n'avaient pas de temps à perdre. Il ne fallait négliger aucun détail. Afin que « maman n'en meure pas ».

Il fit remarquer qu'il ne pouvait pas abandonner Karna durant des semaines.

— Tu l'emmènes avec toi. Il faut qu'ils s'habituent à l'idée que tu as un enfant, le plus tôt sera le mieux.

Il fut étonné de son ton agressif. Mais en même temps soulagé qu'elle prenne la chose aussi naturellement.

L'après-midi même il rassembla toute la maisonnée pour leur annoncer la nouvelle.

Anna et lui-même s'étaient fiancés.

La nouvelle n'était pas inattendue, leurs regards brillants en attestaient.

Oline, sur son tabouret devant la porte ouverte de la cuisine, grognait parce que le mariage n'aurait pas lieu à Reinsnes. Mais c'était pour la forme. Elle ne se sentait pas d'attaque à endosser une pareille responsabilité. Elle était plus mal en point qu'elle ne voulait l'admettre.

Anders était content et baisa la main d'Anna.

— Si j'avais été plus jeune, je serais venu assister au mariage.

— Mais il faut que tu viennes ! dit Anna.

Il sourit alors et l'embrassa sur les deux joues.

Hanna avait le visage gris et sans expression quand elle s'avança pour les féliciter. Ses yeux sombres étaient posés sur quelque chose derrière Benjamin. Loin, loin derrière lui.

— Reinsnes a bien besoin d'une dame en plus pour donner un coup de main, dit-elle à voix basse.

L'ironie était dans le ton, comme une étincelle. Qui le fit s'embraser. Il espérait qu'Anna n'avait pas compris. Il aurait dû préparer Hanna, pensa-t-il. Mais comment s'y prend-on ?

Le lendemain Hanna déclara qu'il fallait qu'elle rentre à Strandstedet. Elle avait des robes à coudre pour les deux sœurs d'Olaisen. Elles devaient aller à Bergen.

Benjamin proposa de la ramener en bateau à la maison. Il appelait « la maison » la chambre qu'elle occupait à Strandstedet, ce qu'il n'aurait pas fait la veille.

Mais Hanna s'était arrangée. Wilfred Olaisen devait venir à Reinsnes pour discuter une ou deux choses avec Anders. Il venait donc lui-même la chercher.

En mettant l'accent sur « lui-même » elle le regarda droit dans les yeux. Les yeux brillants de fièvre. Elle battit des cils un instant et ils se posèrent comme un éventail sur ses joues.

Il secoua la tête. En effet, elle était en bonnes mains.

Il ne lui avait pas adressé la parole depuis dimanche matin sur le palier. Il était difficile de dire lequel avait évité l'autre.

— J'irai un jour à Strandstedet te rendre visite, dit Anna.

— Sois la bienvenue ! C'est plus modeste qu'à Reinsnes, dit Hanna avec légèreté.

Karna arriva en courant et Hanna se baissa pour prendre l'enfant dans ses bras. En se relevant, elle dit à Anna :

— Elle a besoin d'une mère ! Bonne chance !

Le visage d'Anna se rétrécit de confusion. Comme si elle comprenait tout à coup que l'autre doutait de ses capacités.

Wilfred Olaisen arriva à Reinsnes avec un porte-documents en cuir. Il montra à Benjamin les plans du nouveau quai à Strandstedet, et parla avec chaleur d'une éventuelle collaboration avec Reinsnes.

Il allait faire construire un bâtiment sur le quai. Pour la poste, et avec une pièce réservée au télégraphe. Il avait tellement besoin d'une poste et d'un télégraphe. Il voulait parler affaires avec Anders. D'après ce qu'il avait entendu dire, le séchage du poisson sur roches ne marchait pas si bien que ça. Cela n'avait-il rien donné ?

Benjamin approuvait de la tête tout ce que l'homme avançait, sans y prêter attention.

Il fut soulagé quand Anders l'entraîna enfin vers le bureau.

Il ne croyait pas avoir jamais rencontré quelqu'un

qu'il détestait autant, et sans raison, que Wilfred Olaisen.

C'est avec cet homme que Hanna et Isak s'en allèrent, sur une mer houleuse. Et au lieu d'en être soulagé, il resta à la fenêtre, se sentant en quelque sorte dépouillé. Nom d'une pipe ! C'était exactement ça.

Le Cygne et Anders partirent pour Bergen. Il l'avait enfin pour lui tout seul. Fou de joie, il se précipita à l'étage pour trouver Anna en larmes.

Elle avait entendu ce que les gens disaient à la ferme. Hanna était malheureuse. Parce que Benjamin avait choisi Anna.

— Mais nom de Dieu, qui donc se permet de tels ragots ? s'écria-t-il.

— J'ai entendu la servante dire qu'elle vous croyait fiancés depuis la Pentecôte. Ça ne la gênait pas que je puisse l'entendre, bien que Bergljot ait essayé de la faire taire.

Elle se moucha et sécha ses larmes, et dit avec dureté :

— Elle a dit que vous aviez l'air de fiancés.

— Et tu crois ça ?

— Karna m'a dit que la « vraie » Hanna a pleuré en partant parce qu'elle voulait rester avec son papa, murmura Anna.

Il perdit contenance. Karna ?

Pris de fureur, il se précipita hors de la pièce pour trouver l'enfant. Il ne fit pas attention à Anna qui le rappelait.

Il chercha partout dans la maison et dans le jardin en appelant Karna. Il pensait bien que le voyant dans une telle colère, elle ne se montrerait pas. Et quand il retourna dans la salle il la trouva dans les bras d'Anna.

Il l'attrapa. Elle eut peur et se mit à hurler, mais il tenait bon.

Maintenant je suis en train de tout gâcher parce que

j'ai tellement peur de perdre Anna, pensa-t-il en emportant l'enfant gigotant.

— J' veux monter chez grand-mère, criait Karna.

Sans un mot il la déposa pour ouvrir la trappe du grenier. Puis il la porta jusqu'au bord et la reposa brutalement sur le plancher.

— J' vais lui dire à grand-mère comme tu es méchant aujourd'hui !

— Dis ce que tu veux, sale gosse !

— J' redescendrai pas ! criait-elle.

— Je viendrai te chercher.

— Tu me trouveras pas !

— Je te trouverai toujours, n'importe où au monde ! Il n'y a que nous deux au monde ! gronda-t-il.

— C'est vrai, papa ?

Elle se penchait vers lui en se tenant au bord des deux mains, comme il le lui avait appris.

Et en contemplant son visage plein d'effroi toute sa fureur s'évanouit. Et fit place à une honte sans bornes.

Il entra chez Anna après avoir frappé. Elle était distante, mais calme. Il ferma la porte et fit quelques pas vers elle.

— Pardonne ma colère !

Elle fit un signe de tête et alla ranger quelque chose dans la commode.

— Hanna est malheureuse, dit-elle en lui tournant le dos.

— Et qu'est-ce que tu veux qu'on y fasse ? Toi et moi ? dit-il découragé.

— On peut au moins se comporter convenablement.

— Et qu'est-ce que cela veut dire ? Associer Hanna à nos fiançailles ? Vivre à trois sur les honoraires d'un guérisseur ?

Elle se retourna pour le regarder.

— Elle n'y peut rien si c'est toi qu'elle voulait, murmura-t-elle.

— Qu'est-ce que je peux y faire ?

— Je ne sais pas si tu peux y faire quelque chose,

mais moi je vais aller à Strandstedet pour lui parler. Seule !

— Et ça servira à quoi ? demanda-t-il d'un ton plus acerbe que prévu.

— Je n'en sais rien, dit-elle, hésitante.

— C'est absurde, Anna !

— Non, pas le moins du monde, dit-elle avec entêtement.

Chapitre 12

Il la conduisit en bateau à Strandstedet et lui montra où habitait Hanna. Ensuite il alla s'installer dans l'unique auberge du coin. Quatre marches à descendre vers une cave. Il se trouva une place près de la fenêtre poussiéreuse afin de pouvoir guetter Anna.

Une heure plus tard elle redescendit le raidillon. Sa silhouette semblait un peu voûtée.

Quand il sortit, elle se contenta de lui faire un signe de la tête en lui prenant le bras, sans dire mot. Cela rendait toute question impossible.

— On va manger quelque chose à l'hôtel Central, dit-il avec désinvolture.

— Je n'ai pas faim.

— Moi si, insista-t-il.

— Comme tu veux.

Tout en cheminant il essayait de lui décrire son existence de médecin dans ce trou perdu. Désirait-elle voir son misérable cabinet ? Ils n'en avaient pas eu le temps la dernière fois, quand ils étaient venus avec Anders.

— Je mange souvent au Central, mais évidemment c'est moins bien que les endroits dont tu as l'habitude, continua-t-il sur un ton léger.

Il trouvait en fait des quantités de sujets de bavardage.

Pendant un moment il eut l'impression qu'elle l'écoutait. Mais soudain elle lui saisit le bras et le regarda droit dans les yeux.

— Elle a un logement si misérable ! Elle travaille

jour et nuit ! Elle n'arrive pas à joindre les deux bouts. Tu ne comprends pas qu'elle avait un espoir ?

— L'espoir de quoi ?

— L'espoir que tu allais revenir pour te marier avec elle.

— Anna, elle a été mariée. Elle est veuve. Elle a vécu sa vie et je n'ai jamais entendu dire qu'elle attendait quoi que ce soit.

— Es-tu vraiment si froid ? Ou bien fais-tu semblant ?

Il s'arrêta.

— Bon, alors dis-moi ce que je dois faire.

— L'aider.

— J'ai essayé. Elle refuse.

— Étiez-vous sur le point de vous marier ?

— Non, pourquoi ?

— Parce qu'elle a dû y penser quand tu couchais avec elle ! Juste avant mon arrivée !

La foudre lui tombait dessus. Son sang ne fit qu'un tour. Il resta là, planté. La pesanteur seule lui permettant de rester debout.

— Elle a dit ça ?

— Pas directement.

Il reprit sa marche. Les mains derrière le dos, il avançait à toute allure, comme si le diable était à ses trousses. Au bout de quelques mètres il se rendit compte qu'il marchait seul et s'arrêta. Il se retourna vers elle.

Elle était restée là où il l'avait quittée. Quittée ? C'est l'impression qu'elle donnait. Il revint sur ses pas et l'entoura de ses bras.

Mais elle ne lui prêtait pas attention.

— Je savais que ce ne serait pas facile. Mais je pensais que ta paternité t'avait mis du plomb dans la cervelle. En fait tu es le même que du temps de tes études. N'est-ce pas ?

— Non. Que t'a dit Hanna ?

— Cela restera entre elle et moi.

— Tu l'as questionnée ? Tu es venue à Strandstedet pour demander à Hanna si j'avais couché avec elle ?

— Puisque tu savais que j'allais la rencontrer... pourquoi ne me l'as-tu pas dit ? murmura-t-elle.

Il essaya de lui prendre la main.

— Comment raconter cela, Anna ?

Ils marchaient sur le gravier de la route. Il avait plu. Elle retira sa main et contourna une flaque d'eau. Il l'attendit.

Ils étaient presque arrivés près du bâtiment blanc, avec la porte verte et la pancarte « Central » entre les fenêtres. Juste avant de monter les marches elle se retourna vers lui.

— Chaque nuit, depuis qu'on s'est mis d'accord... je t'ai attendu.

Il fut tellement surpris qu'il en bégayait.

— Je... je ne savais pas, je ne pensais pas... j'avais tellement honte du soir où je m'étais saoulé.

Il agitait les mains. Balbutiait des excuses. Elle se tenait sur une marche supérieure, toute rougissante.

— Il n'y a pas que toi qui es vivant, murmura-t-elle.

Il secoua la tête et lui prit la main. Avec une galanterie exagérée il lui ouvrit la porte, et d'un air digne les deux fiancés firent leur entrée au « Central » pour déjeuner.

La salle était grande et claire. Trop claire, pensa-t-il. De ridicules fauteuils recouverts de broderies. On y était mal assis. Sur toutes les tables du velours rouge sang recouvert d'une nappe en dentelle et de miettes.

Après avoir passé leur commande, étant seuls, elle murmura :

— Il y a quelque chose que je dois te dire.

— C'est à propos de Hanna ?

— Non, de celui que j'ai rencontré.

— Il était ce que ta mère aurait appelé un meilleur parti ? À tous les points de vue ?

Elle ne répondit pas, changea les couverts de place.

— Je ne serai jamais aussi riche que ce... cet Anglais.

— Écossais.

Elle le regardait avec indulgence, la tête penchée. Cela le mit en fureur.

— Au fait, as-tu couché avec lui ?

Au moment même où il prononçait les mots, en voyant sa mine, il comprit ce qu'il venait de dire.

Elle enleva ses gants de la table pour les poser sur un fauteuil vide.

— Anna ! Je n'ai pas voulu dire ça ! Oublie ça !

Elle le regarda droit dans les yeux. Directe. Comme si elle avait oublié leur querelle. Comme si, au contraire, elle désirait se confier.

— Oui. J'ai couché avec lui. Dans une tour datant de 1357, dans un château en Galles. Nous étions tous les deux loin de chez nous. Et j'étais sérieusement décidée à ne plus jamais penser à Benjamin Grønelv.

Il aurait pu jurer que c'était un rêve. Que ces horribles mots qu'elle avait mis entre eux n'étaient qu'un cauchemar. Il trouva un point où fixer son regard. Le mur derrière elle. L'immobilité du papier peint lui brûlait les yeux.

Elle se racla la gorge. D'une manière sèche, toute féminine, qui lui était étrangère.

— Il croyait qu'on allait se marier. Ce n'est pas de sa faute.

— Non, pas possible ? fit-il sans la regarder.

— Je suis partie dès le lendemain. Je me suis sauvée, pour ainsi dire.

— Vraiment ? fit-il, y mettant autant de mépris qu'il était possible.

Mais elle ne semblait pas l'écouter. C'était comme si elle confiait à une amie un secret innommable.

— J'ai vu clair dans mon propre jeu, continua-t-elle, à bout de souffle en le regardant dans les yeux. Fantastique ! Je veux dire qu'enfin j'avais accompli quelque chose d'impensable. J'étais aussi mauvaise que ça ! Tu comprends ?

C'était bien trop brutal pour être vrai. Anna jouait un rôle. C'était ça.

— Je me sentais bizarrement coupable. Et sais-tu, Benjamin, c'était un sentiment de liberté indescriptible ! Mais quand je suis revenue chez moi, sans être enceinte, sans même me rappeler à quoi il ressemblait, tu comprends... j'ai écrit à ta mère pour lui demander un conseil.

— Tu as écrit... à Dina ?

— Oui, ce n'était pas à ma propre mère que je pouvais me confier. Et encore moins à toi. Et elle m'a répondu en me disant que cela arrivait quelquefois aux jeunes filles de bonne famille, qu'il ne me restait qu'à me débarrasser de mon sentiment de culpabilité et prendre la route vers Reinsnes. Car tu étais bien le dernier qui pouvais me condamner.

Il avait la vue brouillée. Et elle avait une vilaine ride au front. Le col de son corsage était de travers.

— Ça m'a beaucoup aidée. Et me voilà donc. Et j'ai tout dit.

Il n'avait jamais adoré le rôti tiède accompagné de sauce grasse. Celui qu'on lui avait apporté était tout bonnement immangeable.

N'empêche qu'il ne pouvait le quitter des yeux. Quelque chose dans la consistance de la sauce et de la viande trop cuite et tiède. Cet animal avait perdu la vie bien inutilement.

Elle lui tendit une coupe. Ne souriait-elle pas ? C'était par trop diabolique qu'elle puisse être là, en train de sourire, pendant qu'on leur servait un infâme repas provincial. Cela le mit en fureur.

Il se servit un tas d'airelles. En y mettant sa fourchette, il éclaboussa partout, jusqu'à la nappe rouge.

C'était la faute des couverts. Il les soupesa dans sa main et trouva le manche trop lourd. Il retombait vers l'assiette, en quelque sorte. Il était impossible de s'en servir normalement.

Il appela la serveuse au tablier de dentelle et lui fit

remarquer que la viande était immangeable et les couverts impossibles. Avait-elle autre chose ?

— Ben, c'est les couteaux et les fourchettes avec lesquels le docteur mange chaque fois qu'il vient ici. Mais j' peux toujours demander s'ils en ont d'autres. Et le rôti, j' peux le réchauffer un peu...

D'un air très digne elle prit son assiette et fit signe de prendre celle d'Anna aussi.

Mais Anna secoua la tête et dit avec amabilité :

— Mais non, je vais manger ce qu'on me donne. C'est parfait ainsi !

La serveuse adressa un regard éloquent au docteur et disparut à travers la porte à tambour.

Il se passa la main dans les cheveux. Un geste qu'il détestait, mais qu'il ne pouvait éviter parce qu'il n'en était conscient qu'après.

Elle mangeait sans lever les yeux. Mâchant lentement, la bouche fermée. Avalant presque sans que l'on s'en aperçoive. Reprenant une autre bouchée sur sa fourchette. Viande, légumes et un peu de sauce par-dessus, avant d'ouvrir la bouche pour tout y enfourner.

À ce moment-là elle fut obligée de rencontrer son regard. Il y avait quelque chose dans son port de tête. Ses yeux étaient bleus et brillants.

Elle m'a en son pouvoir, pensa-t-il. Elle me fait me conduire comme un lâche. Après toutes ces années de séparation elle en sait encore plus sur mes défauts. Il serra le poing légèrement et le posa sur la table. Il enfonça l'autre dans sa poche en se renversant sur son siège, à tel point que le dossier lui faisait mal au dos.

Le menton en l'air il l'étudiait avec l'œil averti du praticien. Sans exagérer, il ne fallait pas qu'elle s'apitoie sur elle-même. Aimable, mais avec une certaine distance. Juste comme il considérait ses patients difficiles.

— Eh bien, petite Anna ? dit-il finalement.

D'un ton interrogatif, comme si elle avait encore quelque chose qu'elle n'osait pas avouer.

— Que veux-tu dire ?

— En effet, que veux-je dire ? dit-il avec légèreté.
Elle mâchait toujours, et avala tranquillement.
— Je t'ai blessé ? demanda-t-elle.
En fait, elle n'est pas féminine, pas aussi attirante qu'à première vue, pensa-t-il.
— Mais nom d'une pipe, comment as-tu pu ? Avec un Écossais ! dit-il entre ses dents, avec désespoir.
La serveuse apparut à ce moment même avec son assiette. Une éternité s'écoula avant qu'elle n'ait débité son rituel « je vous en prie », fait sa révérence et quitté leur table. C'est-à-dire qu'elle se mit à plier des serviettes dans un coin.
Il se retourna vers elle, menaçant.
— Est-ce qu'on peut au moins avoir la paix ici ?
Elle sauta en l'air et disparut. Une serviette à moitié pliée laissée sur le plancher indiquait la direction.
— Tu es vraiment insupportable, dit Anna avec force.
Elle avait terminé son repas.
— Comment as-tu pu faire ça alors que ça n'avait aucune importance pour toi ?
Elle le regarda pensivement, ayant presque l'air repentant.
— Je ne sais plus. J'étais tellement seule et perdue. Tout le monde me répétait que le temps passait, et mes amies se mariaient. Je voulais quitter la maison, être libre. Je désirais être aimée... je voulais aimer quelqu'un qui m'aimerait. En tout cas pendant un certain temps. Tu sais ce que c'est, Benjamin ?
Il ne touchait pas à ses couverts.
— Mais mange donc, mon pauvre ami... au moins pour me faire plaisir, dit-elle.
— Comment était-il ?
— Le plus bel homme que j'aie jamais rencontré, je crois. Très galant, avec un certain humour. Mais l'ironie ne le concernait jamais lui-même. Elle était toujours aux dépens des autres. Son existence reposait en grande partie sur son blason.
— Son blason ?

— Oui, partout, même sur ses clubs de golf. Bien sûr, c'est habituel dans l'aristocratie de ce pays, mais quand même... Il m'a incontestablement appris quelques tours.
— Quels tours ?
— L'ironie. Aux dépens des autres.

Il se reprit et se mit à chipoter dans son assiette. Le bruit de la fourchette et du couteau qui raclaient l'assiette se répercutait dans sa tête.

— Qu'est-ce qu'il fait... ce type... maintenant ?
— Il est à Copenhague pour se rendre indispensable auprès de mon père. Il fait des recherches sur les maladies cardiaques. Il savait tout sur mon cœur. Le contrôle total que le cœur a sur le cerveau – finalement. Et la chimie ! Qui fait de nous de bonnes ou de mauvaises personnes. La tension artérielle ! Et les indispensables ventricules. Il me faisait des conférences pendant des heures sur les stimuli qui me faisaient rougir.

— Qu'est-ce que tu fais ici alors ? dit-il, amer.
— Mon cœur incontrôlable, docteur Grønelv, mon cœur par bonheur complètement fou. Je ne pouvais quand même pas passer ma vie à Londres à rougir derrière un blason ?

Il la regarda avec désespoir.

— Je ne supporte pas cela, Anna. Que va-t-on faire ?
— Nous marier pour conjurer nos péchés.

Au retour la mer était d'huile et le soleil voilé. La soirée était rouge et blanche à l'occident.

Il descendit la voile et laissa le bateau aller à la dérive, poussé par une légère brise. Puis il enleva un banc de nage et replia le ciré et la voile de réserve sur le ballast.

Elle le regardait faire avec de grands yeux.

— Anna ! Viens ! Nous sommes seuls.

Hésitante et chancelante elle releva ses jupes pour enjamber le banc de nage. Il se mit alors sur les genoux pour l'attraper. Ses cuisses et ses hanches à travers la fine étoffe. Sa taille. Sa bouche. Avec précaution il défit sa veste et son corsage. Et ils se trouvèrent.

Ce soir le souffle de la mer était lent. Venant du large, il ressentait le long rouleau des vagues. Une volonté s'imposait venant des profondeurs. En attente. Intransigeante, mais calme. Jouant avec une tendresse humide le long de la coque.

Pendant ce temps-là ils allaient à la dérive. Au large. Là où personne ne pouvait les atteindre.

Il mit trois heures, dans la nuit, et à la rame, pour rejoindre Reinsnes.

Chapitre 13

Oline se réveilla avec une curieuse sensation de pesanteur dans la tête. Elle se leva et alluma le feu sous la cafetière. Après s'être versé une tasse elle s'assit pour regarder les petits oiseaux voltiger à toute vitesse dans l'allée, récapitulant sa vie avec une certaine mélancolie.

Elle se revoyait à son arrivée à Reinsnes. Depuis ce jour-là, elle n'avait pas imaginé vivre ailleurs. Il y avait longtemps que Jacob Grønelv était mort. Mais s'il avait vécu, la seule différence aurait été qu'elle l'aurait vu vieillir.

Sa blessure à la jambe ne la faisait pas trop souffrir aujourd'hui.

Sans qu'elle s'en rendît compte, une pression fulgurante dans la tête la cloua sur son tabouret, dans la cuisine bleue de Reinsnes.

Jusqu'au moment où Karna arriva et la toucha, elle put alors enfin déplier son grand corps.

C'était comme une reddition. Toute paisible.

Les rayons du soleil atteignaient le bas du mur de l'étable et le couvercle du puits quand ils remontèrent, étroitement enlacés.

Il avait dû ramer dur pour la ramener, elle, ainsi que la voile toute molle. Il en avait mal partout. Mais en arrivant dans la baie et voyant tous les petits lieus frétiller le long de la côte, elle avait voulu pêcher.

Il n'avait pas pu lui résister. Il voyait tout à travers

ses yeux à elle. La côte, les montagnes, le disque solaire, la mer. Les couleurs. Il avait ramé lentement d'un bord à l'autre de la baie pendant près de deux heures.

Pendant ce temps, Anna pêchait à la traîne. Gloussant de sa propre témérité. Elle finit par nettoyer les poissons elle-même, le sang giclait de partout. Ils sentaient le poisson tous les deux.

Une fois à terre, il alla chercher un seau dans le hangar à bateaux, pour y mettre le poisson. Et ils le portaient ensemble en remontant l'allée. Elle allait pieds nus, le bas de sa jupe remonté dans sa ceinture.

Il portait ses chaussures nouées autour du cou et la buvait des yeux. La voyant ainsi au milieu du paysage qui lui était familier, il se sentit comme dans une église. Sous la voûte immense tous les cierges du monde étaient allumés en même temps. Il était à la fois un petit garçon et un homme adulte, cela n'avait pas d'importance. Car Anna était là.

Tout était éclairci. Il n'avait plus rien à lui cacher. En ce qui le concernait pour le moins. L'histoire de Tomas, il la lui raconterait à un moment propice. Ainsi que celle du Russe dans la bruyère.

Plus tard.

— On va se glisser par la cuisine pour trouver quelque chose à manger, murmura-t-elle gaiement.

Il opina du bonnet. Il n'y avait pas un chat. Il n'était guère que cinq heures du matin.

Elle lui fit signe de se taire en mettant un doigt sur sa bouche et elle souleva avec précaution le loquet de la porte de la cuisine. Puis elle l'ouvrit toute grande devant lui.

Ils étaient couchés sur le plancher l'un à côté de l'autre. Deux corps, un petit et un grand.

L'enfant était à moitié sur le côté, une main posée sur la poitrine de la vieille femme. L'autre main dans la bouche. Elle fixait quelque chose qu'elle était seule à voir. À l'affût d'un bruit. Non celui de pas sur le plancher ou d'un loquet de porte. Autre chose. Quelque chose qu'elle entendait pour la première fois et qui ne ressemblait à rien d'autre.

Il s'approcha et s'agenouilla devant elles. Prononçant doucement le nom de Karna tout en essayant de la soulever. Mais il n'y parvint pas. Elle pesait comme du plomb sur le plancher.

Le regard était impossible à saisir dans les yeux grands ouverts. Mais il vit qu'il ne s'agissait pas d'une crise ordinaire.

Avant même d'avoir pris la main d'Oline, il le savait. Elle avait rendu l'âme.

Quand il reposa sa main rose, un gâteau sec en forme de bretzel roula sous le tabouret. Il s'effrita en plusieurs petits morceaux qui restèrent sagement groupés selon la forme originale du biscuit.

— L'Oline, elle veut pas manger son gâteau.

Il entendit la voix de Karna avec l'impression que c'était sa propre voix à lui. Il y avait des années de cela. Ou bien était-ce maintenant ?

— Tu peux te relever maintenant, Karna, Oline n'a plus besoin de son gâteau.

Elle ne voulait pas sortir de la cuisine, et papa l'avait laissée sur les genoux de l'autre Hanna, près du poêle.

Bergljot mettait du petit bois sous la cafetière. C'était pas à elle de le faire, c'était à Oline. Les petits flammes pointues léchaient la cafetière et laissaient des traces de suie. C'était pas bien, Karna en était sûre.

L'autre Hanna ne sentait pas comme d'habitude. Elle sentait le poisson. Ou bien ça venait peut-être du seau rempli de poissons dans l'entrée ?

— Oline va faire cuire tout ce poisson ? demanda-t-elle.

— Non, maintenant il faudra le faire nous-mêmes, dit l'autre Hanna tranquillement.

Trop tranquillement.

Et tout le monde arrivait, les uns après les autres.

Mais ils repartaient au bout d'un moment. Certains pleuraient. D'autres restaient là, assis ou debout, sans dire un mot, graves.

Stine dit qu'Oline était vieille depuis longtemps. Elle alla chercher de l'eau dans une cuvette et entra dans la chambre où papa et Tomas avaient couché Oline dans son lit.

Tomas irait chercher un cercueil à Strandstedet. Celui qu'ils avaient toujours en réserve dans le grenier avait été utilisé pour un métayer. Il était tombé en plein soleil pendant qu'il labourait.

Oline avait dit qu'il avait eu une belle mort. C'était à ce moment-là. Maintenant elle n'avait pas de cercueil à cause de ça.

— Qu'est-ce que tu vas faire ?

Karna voulait savoir ce que Stine allait faire avec cette cuvette.

— Laver Oline.

Elle souriait de son grave sourire, et de tous elle était celle qui restait la plus naturelle.

— Je peux t'aider ?

— Non, Oline préfère qu'on soit seules toutes les deux.

— Comment tu le sais ?

— C'est des choses qu'on sait comme ça. Mais tu pourras venir quand j'aurai fini.

Ensuite, Karna eut le droit d'entrer. Elles étaient seules toutes les trois, Oline était tout à fait ordinaire. Presque plus ordinaire que d'habitude. Mis à part qu'elle était couchée sur la planche à pétrir au lieu d'être entre son matelas et son édredon. Et avec un air terriblement comme il faut. Les mains jointes sur la poitrine. C'était Stine qui y avait veillé. Mais elle ne voulait pas ouvrir les yeux. Il n'y avait rien à faire.

— Pourquoi qu'on l'a mise sur la planche à pétrir ?

— Pour que ce soit plus facile de la mettre dans son cercueil sans déranger sa toilette.

— On la verse seulement dedans ? demanda Karna.

— À peu près.

C'était une consolation d'entendre la voix claire de Stine. Cela brisait le silence qui régnait partout.

Tout à coup Stine demanda à voix basse si Karna pouvait faire quelque chose qui devait rester un secret entre elles. Personne ne devait en être informé, ni poser de question, ni donner de réponse. Karna comprenait-elle ?

— Qu'est-ce que c'est ?
— Faut d'abord promettre, tu sauras après.

Karna promit.

Il fallait qu'elle rampe trois fois sous le lit d'Oline pendant que Stine récitait son Pater.

Karna savait qu'il s'agissait de son mal et du bruit des vagues qu'elle avait dans la tête et de son œil brun et de son œil bleu.

Stine n'arrêtait pas de vouloir la guérir, même contre la volonté de papa.

La première chose dans ce genre dont Karna se souvenait était la fois où elle l'avait fait se glisser à travers un tronc de pin creux tout en récitant son Pater. Une autre fois elle lui avait administré du sang de lièvre. Papa s'était alors mis en colère.

Cela ne l'empêchait pas de continuer. Avec des plantes, des tisanes qui avaient un goût de sang et de goudron, de pomme de terre pourrie et de mouches mortes.

Karna fit plaisir à Stine une fois encore.

Ça n'avait pas d'importance car grand-mère avait dit que si elle attendait un peu, elle pourrait ensuite le raconter à papa. À condition qu'il jure de ne le dire à personne. Surtout pas à Stine.

— On ne sait jamais ce qui peut faire de l'effet, dit Stine les yeux perdus au loin.

Comme s'adressant à Dieu en personne.

— C'est pas que je veux te guérir, seulement pour que tu ne te fasses pas mal en tombant, ou en te mordant, dit Stine.

Karna s'accroupit et rampa sous le lit. Une, deux,

trois fois. Quand elle levait les yeux vers le fond du lit sombre, elle voyait clairement la courbe imprimée par Oline. Elle était visible malgré la planche à pétrir. Peut-être que lorsqu'on avait dormi dans le même lit pendant autant de nuits, comme Oline, il prenait cette forme. Arrondie.

Chaque fois que Karna apparaissait derrière le lit, Stine la soulevait dans ses bras en récitant son Pater. Trois fois de suite Stine la fit ramper sous le lit et survoler Oline.

Karna se faisait légère comme un cerf-volant, étirant bras et jambes en l'air. Mais Oline gardait les yeux fermés, impassible.

Elle avait passé presque toute la journée dans la cuisine et dans la chambre d'Oline quand Tomas revint de Strandstedet. Il ramenait avec lui la vraie Hanna et le cercueil.

Isak était là aussi. Mais il ne servait pas à grand-chose. Il ne voulait pas dormir dans la chambre de Karna. Parce qu'il ne voulait pas passer la nuit dans la chambre à côté d'un cadavre.

D'un geste rapide Hanna l'attrapa par les cheveux sur la nuque. Les larmes jaillirent de ses yeux. Mais il ne proféra aucune plainte. Ce n'était pas dans ses habitudes. Il fallait que Hanna s'y sente obligée. Quand elle n'avait pas la possibilité d'expliquer ce qui n'allait pas.

Elle tira les cheveux sur la nuque de Karna également, mais pas aussi fort que ceux d'Isak.

Papa essayait aussi d'avoir une voix claire. Mais elle n'était pas très sûre. C'est pourquoi il ne disait rien. Même pas à Karna.

Mais le soir, c'est lui qui la mit au lit. Maintenant qu'ils étaient seuls, elle pouvait lui parler.

— C'est pas moi qui a fait ça.
— Tu ne dois pas penser ça.
— Elle est tombée seulement quand je l'ai touchée.
— Oline était déjà morte.
— Elle avait l'air comme d'habitude. Elle était pas

blessée... juste comme l'oisillon, allait-elle dire, mais elle se reprit.

— On n'a pas besoin d'être blessé pour mourir.
— Comment on le sait alors ?
— Les autres le savent.
— Les morts répondent pas quand on leur parle ?
— Non.
— Ils entendent ?
— Ils n'ont pas besoin d'entendre.
— Ils pensent pas à nous ?
— Ils n'ont pas besoin de penser.
— Mais papa, tu vas pas penser à moi quand tu seras mort ?
— Alors c'est toi qui penseras à moi et à toi pour nous deux !
— J' vais pas y arriver.
— Mais si, tu y arriveras !
— Papa, ne meurs pas !
— Je vais essayer de rester en vie aussi longtemps que possible. Mais Oline, elle était vieille et très fatiguée.
— Tu es un peu vieux toi aussi...
— Pas aussi vieux qu'Oline.

Elle eut l'air de se calmer. Mais il n'en était rien. Elle se réveilla en criant pendant la nuit. Et papa alla la chercher et l'emporta avec lui dans la salle. Là il y avait aussi l'autre Hanna. C'était bizarre. Elle ne savait pas trop si elle acceptait ça.

Mais le lit était bien trop grand pour une seule personne.

— Il arrive qu'une petite fille meure avant son papa ? demanda-t-elle en s'adressant aux rideaux du lit.

L'autre Hanna ne dit rien. Elle ne sentait plus tellement le poisson.

— Cela arrive, bien sûr. Mais pas à toi, Karna.
— Comment tu le sais ?
— Je le sens.
— Faut que tu le sentes très fort... tous les jours, dit-elle en s'endormant.

L'enterrement fut somptueux. Il n'y avait pas eu de telles funérailles depuis le dernier voyage de Mère Karen vers l'église en pierre, disaient les gens.

Certains trouvaient cela un peu exagéré. Oline ne faisait pas vraiment partie de la famille. Elle avait seulement occupé un tabouret dans la cuisine.

Mais on ne l'aurait pas cru, à en juger par le nombre de gens qui la suivirent jusqu'à sa dernière demeure. Il n'y avait donc pas uniquement les gens de Reinsnes qui honoraient sa mémoire.

Hanna était venue pour donner un coup de main. Stine ne pouvait pas y arriver toute seule.

Lentement, elle se détachait de Reinsnes. Plus elle pétrissait, plus elle hachait, plus elle repliait et plus elle frottait, plus Reinsnes s'éloignait et toute sa vie avec. C'était fini. Terminé ! Il lui fallait s'habituer à un expéditionnaire qui désirait construire un quai.

Dès qu'elle reviendrait à Strandstedet, elle lui donnerait sa réponse. Isak irait lui porter une lettre cachetée à la cire.

« Monsieur Wilfred Olaisen. J'ai suffisamment réfléchi à votre proposition. Je l'accepte. Salutations, Hanna Hærvik. » Ce serait ce qu'elle mettrait.

Ni plus, ni moins. Elle voulait sortir de la misère, de la brume des rêves, de cette attente sans fin que quelque chose arrive.

L'amour n'était pas pour les gens comme elle. Mais elle avait quand même été choisie par un homme qui avait un héritage d'Amérique et la volonté d'y arriver.

Elle allait lui faire bâtir une maison aux pignons décorés de guirlandes sculptées, avec une véranda aux vitres colorées comme à Reinsnes. Elle voulait une chaise longue recouverte de velours, avec des glands à frange aux accoudoirs. Et une bibliothèque vitrée !

Plus tard, elle pourrait peut-être même engager une bonne !

Ces pensées firent que l'enterrement d'Oline fut un grand succès pour Hanna qui était chargée de l'organisation.

Elle sursauta dans l'église quand le pasteur parla de la faculté qu'ont certains de trouver leur place sur cette terre. Comme Oline. Sans méchanceté et sans haine.

Hanna comprit alors comment naissait la haine. C'était quand ceux qui ne levaient même pas le petit doigt possédaient tout. Tandis que d'autres, comme elle, étaient condamnés à les envier.

C'est alors qu'elle vit clair en elle-même. Elle n'était pas mauvaise. Et ce n'était pas à cause de ce mot bête. L'amour. Pas du tout. Cela lui était égal. C'était seulement de la jalousie, comme disait le pasteur.

Si elle avait eu le droit de s'appeler Grønelv, elle n'aurait pas ressenti de jalousie. Elle n'aurait pas eu besoin de se laisser choisir par un pêcheur ou par un expéditionnaire. Elle n'aurait eu qu'à rester là à se tâter pour savoir si c'était de l'amour. Comme une demoiselle de la ville.

Mais la haine était pire que la jalousie. Il fallait la maîtriser. Autrement, on n'en avait pas fini. On pouvait quand même reconnaître sa jalousie sans risquer les flammes de l'enfer.

Là-bas, au premier rang dans l'église, se trouvait Benjamin. Elle le voyait dans une sorte de brume. Oline l'avait emporté avec elle.

Le soir de l'enterrement il alla à la cuisine pour les remercier toutes. Stine, les servantes et elle-même.

Elle se glissa dehors avant qu'il n'arrive à elle. Il ne la suivit pas.

Ce n'est qu'à son retour à Strandstedet qu'elle put enfin pleurer Oline et tout ce qu'Oline représentait.

Chapitre 14

Le dernier jeudi du mois d'août Anna avait une cabine réservée pour Bergen et de là ensuite pour Copenhague.

Mais il y avait ce deuil à Reinsnes. Il y avait Karna. Et Benjamin. Il ne disait pas grand-chose. On aurait dit qu'Oline avait été sa mère.

Anna n'avait aucune expérience en la matière. Elle n'avait perdu personne de proche. Maintenant il la réveillait la nuit et s'accrochait à elle sans autre raison que celle d'être près d'elle.

Une nuit, il avait visiblement revécu la bataille de Dybbøl. Une autre fois il appelait quelqu'un du nom de Léo.

Jamais auparavant Anna n'avait éprouvé le sentiment qu'on ait besoin d'elle. On avait seulement exigé d'elle qu'elle se conduise correctement. Si durant sa vie elle avait pris peu de décisions, c'était toujours après mûre réflexion.

Depuis tant d'années privée d'amour elle se dit que sa place était là où il se trouvait. Et non pas au milieu des préparatifs de mariage que faisait sa mère à Copenhague.

On était seulement en août, on avait le temps avant les tempêtes d'automne. Elle savait bien que ceux qui voyageaient dans le Nordland choisissaient rarement la période des tempêtes.

Mais Benjamin pensait qu'il fallait qu'elle parte afin que sa mère « n'en meure pas », ou bien, choix moins dramatique, qu'elle ne se mette pas à le détester parce qu'il la retenait. Il lui rappela que c'était déjà suffisant d'avoir à annoncer à ses parents qu'il n'avait encore pas le droit d'exercer la médecine.

— Mais tu as fait appel, cela va s'arranger, tu vas voir.

— Je ne suis pas aussi optimiste. Mais j'espère.

Il y avait plus de découragement que d'espoir dans sa voix.

Anna se sentait tenue à distance, et elle mit le nécessaire dans ses bagages.

La veille de son départ ils n'arrivèrent pas à dormir. Ils se promenèrent le long des plages.

Le brouillard emmêlait les cheveux d'Anna et l'ourlet de sa jupe battait ses jambes.

Comme si elle faisait pénitence, elle enleva ses chaussures et marcha sur le gravier coupant et la laîche piquante sans y prêter attention.

Après leur promenade ils firent l'amour comme si c'était la dernière fois. Et quand la lumière du matin leur arriva d'un ciel aussi gris que les mois à venir, ils pleurèrent tous les deux.

Il l'amena à la rame jusqu'au vapeur, à travers une averse coupée de soleil.

Elle allait dire qu'elle n'avait encore jamais vu cela, mais sa lèvre inférieure se mit à trembler.

Quand ils arrivèrent près de la coque noire qui devait l'emporter, il dit sans oser la regarder :

— J'irai te rejoindre au printemps. Et on se mariera. L'hiver passe vite, tu sais !

Le matelot venait de crier qu'il n'y avait pas de marchandises à livrer aujourd'hui et se préparait à descendre l'échelle.

C'est alors que son visage se figea en un masque de détermination. Elle lui cria en norvégien avec l'accent danois :

— J'ai changé d'avis. Je ne pars pas aujourd'hui.

Le matelot mit sa main comme un entonnoir autour de son oreille et se pencha par-dessus le bastingage. Alors elle répéta les mêmes mots avec beaucoup d'énergie.

C'était aussi simple que ça. De l'annoncer à tout le monde.

Il ne dit rien. À quoi cela aurait-il servi ? Au lieu de cela, il fit demi-tour et dirigea le bateau vers la côte.

Il n'osait pas encore la regarder. Il ramait lentement pour lui en donner le temps, si jamais elle devait changer d'avis encore une fois.

Mais elle se mit à rire. À rire aux larmes, à tel point que tous les rochers en renvoyaient l'écho. Et quand elle s'arrêta de rire, elle se mit à chanter. Des cantiques et des complaintes pêle-mêle.

Il s'appuya sur ses rames pour enfin la contempler.

Elle n'était pas facile à comprendre. Mais il était sûr d'une chose : elle était d'une tout autre envergure que celle qu'il avait appris à connaître à Copenhague.

— Je suis prisonnière de la montagne. Je ne veux pas en sortir, chantait-elle entre quelques couplets à la gloire de Dieu.

Un grand calme l'avait envahi. Il ne pouvait pas se souvenir d'avoir jamais été aussi confiant.

Le soir, le piano de Dina résonna joyeusement. Anna jouait et chantait toutes les chansons d'enfant qu'elle savait pour Karna. Des chants de Noël, de Pâques, de Pentecôte et de la Saint-Jean. De temps en temps elle improvisait et faisait semblant de la menacer en pointant l'index vers l'enfant : « Et tu ne tomberas pas, tra la la, Karna ne tombera pas, non non non ! »

Karna la regardait les yeux écarquillés et secouait la tête.

Un matin, alors qu'ils étaient encore au lit, il dit :
— On ne peut pas continuer à vivre comme ça. Je pourrais te faire un enfant. Il faut que le doyen vienne nous marier dans l'intimité. Oui, provisoirement, bien sûr, pour que ta mère n'en meure pas...
— Maman est déjà morte et ressuscitée plusieurs fois. Elle sait très bien comment nous vivons. Je n'ai pas eu le courage de te montrer sa dernière lettre.

Elle ne paraissait pas en avoir été troublée outre mesure.

Benjamin et Anna allèrent trouver le doyen et émirent le vœu d'une bénédiction nuptiale dans la plus stricte intimité, et sans tarder.

Et le doyen trouva que c'était une solution sage, au point où en étaient les choses. Puisque la jeune Anna était continuellement empêchée de partir à Copenhague, et qu'il était impossible pour sa famille de venir jusqu'au Nordland, à ce qu'il comprenait.

Quant aux bans, ils devaient être publiés dans la paroisse de la mariée. Mais mademoiselle Anna était bien venue ici pour y rester ? Elle avait bien avec elle tous ses papiers ?

Anna fit oui de la tête.

On pouvait donc publier les bans ici, et ils pouvaient bien attendre trois semaines ?

Benjamin et Anna se regardèrent et rougirent sous le regard du doyen. Benjamin se racla la gorge et se trouva forcé de répondre.

— Trois semaines ? Bon.

Le doyen vint à Reinsnes trois semaines plus tard. Comme s'il passait par hasard, avec sa valise. Dans laquelle il transportait sa soutane, sa fraise et sa Bible.

Anders, qui arrivait de Bergen, était le seul qu'on avait informé de l'événement. On prétendit qu'ils allaient faire une promenade en bateau sur le fjord. Ni l'équipage ni la maisonnée n'étaient au courant.

Le doyen et Anders pensaient, après avoir un peu

hésité, que l'endroit choisi pour la bénédiction était acceptable. Ce que ni le capitaine ni le prêtre ne tenaient pour sûr, Dieu le pardonnerait.

Et tout à coup au loin, au milieu de la brume grise de la mer, Anders donna l'ordre de baisser les voiles. Sans faire d'histoires, au risque de se faire réprimander par l'évêque, le doyen les unit dans la cabine.

Anders, l'homme de barre et la nouvelle cuisinière qu'on était allé chercher par la même occasion à Andøya, étaient les témoins.

Au retour le vent était assez fort. La mariée se mit à vomir quand ils traversèrent le fjord. C'est alors que le doyen pensa qu'il était grand temps pour le jeune docteur et mademoiselle Anna. Que le Seigneur lui pardonne d'avoir agi à la hâte et de ne pas les avoir obligés à suivre les rites de l'Église que dicte la décence.

Mais il insista pour bénir les mariés par trois fois. Et il fit un beau discours. Comme on peut le penser, il s'agit surtout du marié qu'il connaissait mieux. Par contre il demanda au marié de se montrer compréhensif envers une jeune fille de la ville qui se retrouvait si loin au nord de toute civilisation. Il était bien possible que le mal du pays la prenne dès le premier hiver. Et il termina par une quatrième bénédiction, cette fois uniquement pour la mariée.

Ils raccompagnèrent le doyen chez lui et n'entrèrent dans la rade de Reinsnes que vers minuit. Alors Anders enleva son bonnet, mit le mégaphone devant sa bouche et cria avec autorité :

— J'ai l'honneur d'annoncer l'arrivée du docteur Benjamin Grønelv et de Mme Anna Grønelv, née Anger. Ils descendent maintenant dans la chaloupe. Qu'on hisse le drapeau immédiatement ! Que l'on serve le punch dans la salle à manger pour tout le monde.

Ceux qui s'étaient endormis ne comprirent pas tout de suite le sens de cette annonce. Mais quand Anders l'eut répétée trois fois, on vit de la fumée sortir de la cheminée de la cuisine.

La jeune Bergljot, qui depuis peu avait endossé la

responsabilité de la maison et de la cuisine, avait sauté dans son jupon et sa jupe, et allumé la cuisinière pour mettre en route le punch.

C'est ainsi que toutes les femmes à Reinsnes fêtèrent le mariage avec les cheveux dénoués et habillées n'importe comment, et que tous les hommes arrivèrent ébouriffés, avec les joues pleines de barbe et la chemise ouverte.

Bien qu'il soit minuit et qu'il fasse nuit, le drapeau fut hissé. Il battait avec rage contre le mât à cause du vent.

Une fois la première surprise passée ils vinrent tous, les uns après les autres, leur serrer la main et les féliciter. Avec gêne, sans trop savoir comment se tenir en pareille occasion. Petit à petit l'atmosphère se détendit et la dernière goutte de punch fut avalée.

À deux heures du matin le marié déclara qu'il avait une telle faim qu'il aurait mangé un bœuf tout cru dans son étable. La nouvelle cuisinière fit preuve de ses talents avant même d'avoir dormi une seule nuit dans le lit d'Oline.

À quatre heures la cuisine était rangée et les gens allèrent retrouver leurs lits.

Dans l'annexe tout était silencieux mais Tomas et Stine ne dormaient pas. Ils étaient assis à la table de la cuisine. On ne pouvait pas aller se coucher par une telle nuit.

— Alors, c'est la demoiselle de la ville qu'il a choisie, dit Tomas en bâillant.

— Oui, si seulement c'était une bonne chose pour Reinsnes et pour Karna...

— T'en es pas sûre ?

— Dieu me préserve ! On est forcé de l'aimer, même si elle est pas ce qu'on appelle une femme d'intérieur.

— La Dina, elle l'était pas non plus, dit-il sèchement.

— Non, mais elle était tout le reste. Et elle a su choisir les gens qu'il fallait pour le bien de tout le monde.

Il y avait un pli sur la nappe qu'il fallait absolument faire disparaître. Elle la souleva, la remit en ordre et effaça le pli.

— Voilà ce que j'ai pensé, dit-elle au bout d'un moment.

Il se retourna vers elle, pensant qu'il serait encore question de Dina.

— Tu sais, j'ai cet argent... du Niels. Celui que Dina a mis à la banque. Ça s'est accumulé pendant ces années, c'est bien plus maintenant.

— C'est quand même pas tant que ça ?

— J'en ai donné à Hanna de temps en temps. Elle en avait besoin.

— La petite a bien droit à l'argent de son père, même s'il n'a pas été un père pour elle.

— Oui, mais ce qui reste... Tomas. Je veux qu'on parte en Amérique !

— T'es pas folle ?

— On emmène Hanna et le petit, parce qu'il n'y a pas d'avenir pour Hanna à Reinsnes.

— L'Amérique !

— Tu l'as toi-même dit souvent. Pas plus tard que quand tu t'échinais à faire sécher le poisson sur les rochers. On laisse tout tomber et on part en Amérique ! C'est toi qui disais ça.

— Oui, le dire, mais quant à le faire...

— Nous, on va le faire ! Avant qu'on soit trop vieux. Pourquoi faut-il rester ici à Reinsnes à regarder tout se détériorer et s'écrouler, et la vie nous passer entre les doigts pendant qu'on s'échine pour rien.

Il était ahuri. Elle avait visiblement réfléchi plus d'une fois à la chose avant de lui en parler.

Bien sûr qu'il avait rêvé et fabulé. Et il savait bien que Stine avait de l'argent de côté. Mais pas au point de pouvoir payer le voyage en Amérique de trois adultes et d'un enfant.

C'est ce qu'il lui dit. Et elle lui répondit, ce qui était vrai, qu'il ne le lui avait jamais demandé.

— Et la Sara, et Ole ?

Elle hésita une seconde.

— Ils peuvent venir nous rejoindre quand on sera en possession de la terre. S'ils veulent.

— La Sara est un peu jeune pour rester seule ici.

— Ils se débrouilleront. Ce n'est pas comme Hanna. J'ai vu le chagrin qu'elle avait quand elle est venue aider à l'enterrement. Elle a besoin de partir.

— Tu crois qu'elle a envie de se mettre à gratter la terre dans la Prairie ? Elle se plaît bien à Strandstedet.

— On verra.

Après cette nuit ils partagèrent un grand secret. Ils se concertaient, faisaient des comptes et se mettaient d'accord. Sur ce qu'ils possédaient et ce qu'ils pouvaient vendre. Sur ce qu'ils devaient emmener. Qui ils devaient contacter pour obtenir un passage bon marché vers le sud. Ils pouvaient partir avec Anders pour Bergen. Cette excitation était chose nouvelle entre eux.

Ils écrivaient des lettres et faisaient des plans. Tomas avait un vague parent qui était déjà parti. Il prit la barque à rames pour aller chercher l'adresse chez son frère. Tout allait bien lentement. Mais la décision était prise.

Mais Hanna que l'on voulait sauver de son chagrin n'avait aucune envie de partir. Elle ne croyait pas à cette sorte d'aventure. Elle avait d'autres projets dont elle ne voulait pas parler.

Du reste elle avait entendu dire qu'on tombait malade pendant la traversée. Qu'on perdait ses dents, qu'on avait des éruptions et qu'on mourait, et qu'on vous jetait dans la mer pour être dévoré par les requins et autres monstres.

À aucun prix elle ne voulait les suivre.

Quant à l'argent, il était à Stine, pas à elle, ils pouvaient s'en aller s'ils y tenaient. Mais ils devaient emmener Ole et Sara. Car Sara avait besoin d'eux. Avec son pied estropié.

Tous les rêves de voyage de Stine et Tomas furent bousculés durant l'après-midi qu'ils passèrent à Strandstedet pour convaincre Hanna. Penauds comme deux enfants ayant subi une correction, ils rentrèrent chez eux.

Mais juste avant d'arriver à terre Tomas cracha dans ses mains et dit, tourné vers la mer :

— Maintenant, fini de s'échiner sur la terre des autres, même si c'est celle de Benjamin. Les enfants diront ce qu'ils voudront, mais toi et moi, Stine, on part !

Elle dénoua un peu son fichu et dit joyeusement, d'une voix de petite fille :

— Oui, Tomas, on part !

Chapitre 15

Elle ne trouvait plus jamais Oline dans la cuisine. Le matin, quand elle se réveillait, Karna pensait qu'aujourd'hui elle serait sûrement là.

Mais cela n'arrivait jamais.

Alors c'était à elle de s'asseoir sur le tabouret d'Oline et d'être Oline. Ce n'était pas facile. Ça lui faisait un nœud dans la gorge. Et un poids dans la poitrine.

Personne n'était plus là pour se rendre compte qu'elle avait besoin de chaussettes aux pieds et de gâteaux secs. Parce qu'ils avaient enfermé Oline dans un cercueil et qu'ils l'avaient mis dans la terre à Strandstedet.

La cuisine n'était plus ce qu'elle était. Elle avait rapetissé autour d'elle et était devenue trop étroite. Ou alors elle débordait jusqu'à la ferme et il y faisait aussi froid que dehors.

Elle ne pouvait pas non plus monter au grenier, parce que papa n'était pas encore levé. Elle n'osait pas le réveiller trop tôt.

C'était à cause de l'autre Hanna, pensait-elle.

Pendant un temps elle avait dormi avec lui. Mais un soir il avait dit :

— Allons, maintenant c'est fini. Karna doit dormir dans sa chambre.

L'autre Hanna se tenait debout près du paravent. Elle avait fait signe à papa de s'approcher et lui avait murmuré quelque chose.

— Non ! avait dit papa presque en colère.
— Elle est si petite et... avait dit l'autre Hanna.
— Non ! avait répété papa et il l'avait fait descendre dans sa chambre.

Elle avait pensé se mettre à pleurer. Mais elle s'était ravisée et avait dit :
— Tu aimes l'autre Hanna plus que moi !
— Qu'est-ce que tu racontes ? L'autre Hanna ?
— Celle qu'est en haut. Je l'sais bien.

Et elle s'était mise à pleurer quand même.

Il l'avait portée pour descendre les dernières marches, à travers l'entrée, l'office et jusque dans sa chambre. Il lui soufflait dans le cou et dans l'oreille pour la faire rire.

Mais après l'avoir bordée, il avait dit gravement :
— Elle ne s'appelle pas « l'autre Hanna » et tu le sais très bien. Elle s'appelle Anna ! C'est compris ?

Elle avait été obligée de faire signe que oui, car il était si sérieux. Mais il ne s'était pas arrêté pour autant.
— Dis Anna ! suppliait-il.
— Anna...
— Encore une fois !
— Anna ! avait-elle crié, furieuse.

Alors il avait dit ce qu'elle avait le plus envie d'entendre :
— Tu es la seule à être la Karna de papa.

— Alors elle... Anna peut dormir dans ma chambre et moi en haut, avait-elle tenté.

— Non, parce qu'Anna est ma femme et doit dormir avec moi.
— Pourquoi ?
— C'est le doyen qui l'a dit.
— J'y crois pas.
— Alors demande-le-lui la prochaine fois qu'il viendra !

Il avait l'air si décidé qu'elle s'était dit que cela devait être vrai.

— Mais moi, avec qui je vais dormir alors ? avait-elle dit dans un hoquet.

— Tu te trouveras un mari quand tu seras grande.
— Mais c'est dans tellement longtemps. Et il faut que je dorme toute seule dans ma chambre jusque-là...
— Tu peux laisser la porte de la cuisine ouverte.
Elle avait secoué la tête.
— Y a qu'elle qui peut le faire, l'autre Hanna !
— Anna ! avait-il dit.
— Anna !
— Encore une fois !
— Anna, Anna, Anna, avait-elle crié en se cachant dans ses bras.

Isak était venu à Reinsnes. C'était parce que Hanna avait tant de choses à faire, elle allait se marier avec quelqu'un qui s'appelait Olaisen.
Isak n'avait pas l'air malheureux. Il avait aidé le garçon de ferme et Tomas à ramasser les pommes de terre.
— Y a beaucoup de pommes de terre cette année, grand-père, avait-il dit en s'étirant, juste comme Tomas.
Karna elle aussi ramassait des pommes de terre. Mais pas aussi vite qu'Isak. Et elle avait tellement froid aux mains qu'elle devait les réchauffer dans sa bouche à tour de rôle.
— Pourquoi tu es le grand-père d'Isak et pas le mien ? avait-elle demandé en essayant d'enlever la terre de sa bouche, cela craquait sous ses dents.
Elle avait trouvé que Tomas avait eu l'air bizarre.
— J' peux servir de grand-père autant à l'un qu'à l'autre, avait-il fini par répondre.
Et il s'était mis à ramasser très vite. Il était loin devant eux.

Le soir elle avait posé la même question à papa. Il était de l'avis de Tomas, il pouvait bien être le grand-père de tous les deux. Mais il y avait quelque chose dans sa voix, surtout quand il avait dit :
— Est-ce qu'il y a quelqu'un qui t'a dit que Tomas était ton grand-père ?

— Non, avait-elle dit, c'est moi qui dis ça. Parce que j'en ai autant besoin qu'Isak.

Mais elle avait compris qu'il valait mieux ne pas prononcer le mot : grand-père.

Elle se mit à rechercher la compagnie de Sara. Elle boitait, mais ça ne l'empêchait pas de lire pour autant. Et elle écrivait dans de grands registres dans le bureau de la boutique. Il arrivait qu'elle emmène Karna chercher de vieilles marchandises quand des gens de passage manquaient de quelque chose.

Anders avait l'habitude de dire :

— Sara est une petite personne de bon conseil.

Sara répondait sans hésiter quand elle lui posait une question. Et quand Karna était de mauvaise humeur elle le voyait et inventait une occupation quelconque pour arranger les choses.

Elle portait une natte épaisse dans le dos. Quand elle lâchait ses cheveux et restait tranquillement assise sur sa chaise, elle ressemblait à la fée des forêts dans le livre de contes. Dès qu'elle se levait et se mettait à boiter, elle redevenait elle-même.

Elle aimait bien la compagnie d'Ole aussi. Ses cheveux étaient plus roux que les siens. Plus roux que ceux de Tomas aussi.

Mais il était si rarement à la maison. Et s'il y était, il ne faisait que parler de partir ailleurs. Aux Lofoten ou dans le Finnmark. Et tout d'un coup un bateau l'emportait.

Quand il revenait, il avait avec lui des bretzels en miettes. Ou encore d'énormes poissons avec une barbe.

Ole et son poisson sentaient pareil.

Grand-mère était au grenier. Mais elle n'était pas toujours facile. Il arrivait que Karna soit obligée de décider ce qu'elles allaient faire. Ou que grand-mère refuse de l'aider à soulever les caisses et les malles.

Une fois, elle avait apporté la robe et grand-mère n'avait pas voulu l'enfiler. Elle avait mis sa poupée dans la vieille voiture et l'avait promenée dans le noir, faisant semblant de ne pas remarquer la mauvaise humeur de grand-mère.

Mais n'obtenant aucun résultat, elle s'était assise et avait essayé de la raisonner.

— Tu devrais enfiler la robe maintenant, grand-mère.

Tout restait silencieux. À part les bruits qui venaient de la trappe.

Elle entendait Anna jouer du piano en bas. Vite. Comme si elle était joyeuse.

Sur la poutre au-dessus de sa tête il y avait plein de gros crochets sur lesquels étaient pendues de vieilles lampes. Les verres étaient complètement gris. Elle ne pouvait pas voir s'il y avait une mèche, à tel point ils étaient gris.

Quand Anna plaquait certains accords, cela faisait tinter les verres. C'était drôle. Ce bruit la faisait presque pleurer.

— Tu pourrais quand même mettre cette robe, j'aurais au moins de la compagnie, avançait-elle.

La robe avait enfin bougé. Elle s'était gonflée. S'était levée. Cela bruissait. Le bruit des bracelets tintait à ses oreilles.

— L'Oline, elle est plus dans la cuisine, se dépêcha-t-elle de dire.

Mais grand-mère n'avait pas répondu.

— Faut m' répondre quand j' te parle, avait-elle dit sévèrement.

Rien n'y faisait.

— J'ai plus personne alors !

Les verres de lampe tintaient à nouveau. Seulement tout doucement.

Grand-mère s'était alors levée, les bras au-dessus de la tête. Cela avait fait comme un courant d'air. La toile d'araignée là-bas dans le coin au-dessus de la commode bancale s'était mise à trembler.

— Viens ! avait murmuré grand-mère.

Karna s'était levée et s'était agrippée aux jupes de

grand-mère. Et Karna l'avait vraiment ressenti. Grand-mère tournait en rond avec elle.

— Tu veux pas m' parler aujourd'hui, grand-mère ? avait-elle murmuré.

— Chut ! avait dit grand-mère en la faisant tourner.

Elle n'avait plus qu'à s'abandonner. Ce n'était pas désagréable non plus. De tourner et tourner en rond. Jusqu'à en perdre connaissance dans les bras de grand-mère.

D'autres fois elle se sentait perdue. C'était quand elle pensait à Oline.

Les rosiers grimpants avaient commencé leur complainte. Ils écorchaient de leurs épines et de leurs branches la fenêtre de sa chambre. C'était un bruit désagréable. Trop proche pour être fort. Trop aigu. Comme un tourment.

C'était malgré tout un peu la même chose, la plainte des rosiers et le chant de l'océan. Le bruit profond balayait la neige sur les branches et les faisait écorcher la vitre. Quelques feuilles étaient recroquevillées, raidies, encore suspendues entre les grappes de roses d'un rouge bruni.

Elles n'avaient pas toujours été ainsi. Avant la neige, elles étaient rouges et souples dans la lumière. Comme une peau. Ou encore rouges et lourdes de pluie. C'était il y a longtemps.

C'était quand Anna lui mettait les doigts sur les touches noires et blanches du piano et riait quand elle en tirait un son.

Papa était alors presque tout le temps content. C'était parce qu'Anna ne partait pas avec le vapeur.

Quand Karna leur avait demandé ce qui s'était passé à bord du *Cygne* quand ils s'étaient mariés, ils s'étaient regardés en riant.

Elle n'aimait pas ça.

Papa l'avait prise sur ses genoux et avait dit qu'Anna serait sa nouvelle maman, parce que la Karna qui était morte ne pouvait plus l'être.

Alors elle leur avait tout bonnement dit :
— Mais on a déjà la vraie Hanna.
Papa s'était fâché.
Elle avait compris qu'il y avait deux mots interdits. Grand-père et Hanna. Chaque fois qu'elle y pensait, elle voyait l'image des rosiers gelés devant sa fenêtre.
Le gel, c'était comme le noir et la nuit. Ça arrivait tout d'un coup. D'où venait-il donc ?

Chapitre 16

Benjamin et Anna furent invités à dîner au presbytère. Après le dîner le doyen leur parla de la commission scolaire et de la situation impossible dans laquelle elle se trouvait dans la paroisse. Et de l'incapacité de son inspecteur qui n'était jamais là quand on avait besoin de lui. Il venait juste de demander un congé cet automne pour ramasser ses pommes de terre et s'adonner à d'autres activités pressantes.

Avec un pareil inspecteur on ne pouvait pas éviter que les enfants manquent l'école. Et il était difficile de récolter l'amende infligée aux parents.

— Quand il s'agit des pauvres, il ne sert à rien d'invoquer la loi, dit le doyen avec découragement.

Il voulait savoir si Benjamin accepterait de remplacer Lars Larsen dans cette fonction. On avait besoin de jeunes qui appréciaient les études à leur juste valeur, mais qui en même temps se montraient compréhensifs envers la situation précaire des pauvres. Il était, en tant que médecin, la personne qu'il fallait.

Benjamin était à la fois étonné et honoré. Cela ne l'empêcha pas de refuser, tout en s'excusant, car il ne pensait pas être celui qu'il fallait. Par contre, il se serait senti plus compétent s'il avait été question de faire partie de la commission de la santé.

— Nous avons déjà notre bon vieux docteur dans la commission de la santé, tandis qu'il nous faudrait quelqu'un comme vous dans la fonction d'inspecteur scolaire.

Le doyen essaya de le persuader sans grand résultat, continuant à discourir sur son sujet de prédilection, l'éducation de la génération à venir.

Et ce n'était pas l'amende infligée qui lui tenait le plus à cœur, mais le fait que les enfants ne reçoivent pas l'instruction à laquelle ils avaient droit.

Anna demanda pourquoi les parents n'envoyaient pas leurs enfants à l'école.

— Il existe deux raisons valables. L'une est la maladie, surtout lorsqu'elle est contagieuse, comme le docteur le sait, l'autre c'est le mauvais temps. Mais les gens retiennent les enfants à la maison pour les récoltes, pour la pêche et autres travaux pressants. Certains sont si pauvres qu'ils ne peuvent fournir ni les vêtements ni la nourriture nécessaires. Ils sont trop fiers pour demander une aide sociale. Il est plus facile de dire que les enfants sont malades. Et puis il y a aussi les parents nourriciers qui exploitent les malheureux enfants et trouvent toutes sortes d'excuses mensongères pour conserver une main-d'œuvre bon marché tout en économisant sur le trousseau nécessaire pour les envoyer à l'école.

— Mais ne peut-on rien faire ? demanda Anna.

— Cette année nous avons décidé d'envoyer cinq enfants à l'internat obligatoire à Strandstedet, parce qu'ils ne s'étaient pas présentés à l'école une seule fois au cours de l'année scolaire. Le problème est que, malgré deux annonces consécutives, on n'a pas d'instituteur. C'est une question de salaire. Le conseil municipal ne veut pas en convenir. Mais ils ne sont pas nombreux dans la paroisse à pouvoir remplir un pareil poste. Les enfants de ces internats ne sont pas toujours faciles.

Anna demanda quelles étaient les qualifications requises.

— Heureusement pas la connaissance du lapon, mais de bonnes connaissances pour enseigner le catéchisme, la lecture, l'écriture et le calcul. Et de l'autorité. C'est souvent ce qui manque le plus. Les instituteurs savent mieux se servir du martinet que faire usage d'une autorité naturelle.

— C'est dommage que je ne sache pas assez de norvégien, dit Anna.

La femme du doyen était une dame modeste qui se mêlait rarement aux conversations de son époux. Elle se réveilla tout à coup.

— Mme Grønelv se sent une vocation d'enseignante ?

— Je ne sais pas si je peux employer un si grand mot. Mais cela m'amuserait d'essayer. Grâce à mon père j'ai une solide instruction, si je puis me permettre un tel manque de modestie. Mais j'ai naturellement fait mes études à Copenhague, et cela ne compte peut-être pas ici ? dit-elle avec un coup d'œil vers Benjamin.

Il lui lança un regard réprobateur. Un regard qui disait : le doyen ignore totalement que je n'ai pas le droit d'exercer.

— Mais Mme Grønelv a bien assez d'occupations avec une grande maison à tenir ? insista l'épouse du doyen.

Anna rougit, mal à l'aise.

— Cela ne pose pas de problème, on a une bonne domesticité, dit Benjamin vivement.

C'était la première fois qu'il entendait Anna souhaiter enseigner. Il la soupçonnait même de ne l'avoir pas su elle-même. Mais il n'aimait pas la voir mal à l'aise.

Le doyen, qui se rendait compte qu'il s'était trompé en croyant que la mariée était enceinte, se dépêcha de dire :

— Si vous pensez vraiment que vous souhaitez faire cette bonne action, le danois ne devrait pas être un empêchement majeur. L'instituteur précédent était finlandais et ne savait ni lire ni écrire le norvégien. Vous parlez un danois cultivé, madame Grønelv. Et il n'est question que de quelques semaines avant Noël. Si vous pensez pouvoir leur inculquer quelques notions de catéchisme. On se fait comprendre avec un boulier dans toutes les langues du monde, ajouta-t-il avec un sourire.

Au grand étonnement de Benjamin, Anna répondit qu'elle était sûre d'y parvenir, si le doyen voulait bien la recommander.

— Grand Dieu ! fit l'épouse du doyen aimablement.

Le doyen allait en parler à la commission scolaire. Ils n'avaient pas le choix. Quelle serait l'alternative pour ces orphelins mis en nourrice chez des gens qui ne les avaient pas pris chez eux par charité chrétienne, mais simplement pour se procurer une main-d'œuvre gratuite ?

— Mais cela ne sera pas facile pour vous, croyez-moi ! ajouta-t-il.

— Je me réjouis d'avance ! déclara Anna.

— Quand puis-je vous présenter ce troupeau de brebis égarées ?

— Quand il vous plaira.

— Ce que vous me dites là me ravit. Et vous, docteur ? Avez-vous à y redire ?

Benjamin n'avait pas eu le temps de réfléchir à d'éventuelles objections. Il secoua la tête en souriant.

— Bien ! On va prévenir la commission. Tout va être mis en œuvre. Que voulais-je dire encore... Oui, avez-vous déjà eu des élèves ?

— Seulement pour des leçons de piano.

— Des leçons de piano ! Oui, c'est vrai, vous êtes musicienne. Alors il faut que vous ayez un psautier à votre disposition.

— De combien d'enfants s'agit-il ? demanda Anna.

— Cinq, entre dix et quinze ans. Quatre garçons et une fille.

— Ne serait-il pas mieux de faire ce cours à Reisnes ? On a de la place. Et un piano. Les garçons pourraient dormir avec les garçons de ferme et la fille avec les deux servantes dans la maison des maîtres.

— Mais vous faites preuve d'une grande hospitalité ! Mieux vaut que vous en discutiez d'abord tous les deux à tête reposée. Je ne sais même pas si ces enfants ont la gale ou des poux.

— Ça, ce n'est pas un problème, affirma Benjamin, tout en trouvant que cela commençait à bien faire.

Anna était visiblement prête à tout pour sauver les ignorants du Nordland. Alors il fallait bien que lui aussi participe. Avant même la fin de la visite, Anna et leurs hôtes s'appelaient déjà par leurs prénoms. Benjamin n'avait pas manqué de remarquer que le doyen avait dit : « Adieu, chère Anna » de la manière la plus naturelle du monde.

Peu de temps après on leur fit dire que le cours obligatoire aurait lieu à Reinsnes les deux premières semaines de novembre. On leur verserait une indemnité pour couvrir les frais de pension des cinq élèves, en plus de ce qu'ils devaient apporter. L'ordinaire se devait d'être simple.

Mme Anna Grønelv, qui avait bien voulu endosser cette responsabilité, recevrait un salaire de deux écus par semaine.

Le doyen lui-même ferait l'inspection et veillerait à ce que l'enseignement soit prodigué en accord avec la loi norvégienne. Il avait déjà fait l'expérience du danois facilement compréhensible de Mme Grønelv, et de la solidité de ses connaissances.

Anna arriva en courant, agitant la lettre au-dessus de sa tête, et la planta triomphalement devant Anders et Benjamin.

Benjamin la lut à haute voix.

— Pas mal. Mais vous ne savez pas de quelles crapules il s'agit ? dit Anders.

— Deux d'entre eux sont déjà envoyés à l'épouillage, dit Benjamin en regardant Anna d'un air taquin.

— Faut espérer que leur appétit ne va pas nous faire vider nos réserves, ajouta Anders.

— Ils amènent des provisions, dit Anna.

— Je ne pense pas que ce soit le genre de Bergljot de les laisser manger leur pain moisi, chacun dans leur coin, dit Anders.

— Mais je vais gagner quatre écus et on a l'indemnité. Et ça ne dure que deux semaines !

— Bien sûr, bien sûr ! marmonna Anders, convaincu.

Anna était à ses yeux la seule personne parfaite à Reinsnes. Il adorait se déclarer d'accord avec elle, ce qui arrivait dans la plupart des cas.

Sara aidait Anna à faire la classe aux garçons qui étaient installés avec les garçons de ferme. Et à la fille qui ne regardait jamais personne, ne disait jamais rien et se contentait de faire la révérence. Elle avait tant de trous à ses bas que Stine lui en tricota une nouvelle paire.

Ils étaient en internat forcé, disait-on. Karna eut accès à la classe aussi, à condition de se tenir tranquille. Ils se tenaient dans la plus grande pièce de l'annexe et le poêle ronflait pendant qu'Anna leur faisait réciter leurs leçons, racontait des histoires, chantait ou faisait cours.

Elle articulait avec une telle lenteur que cela donnait envie de dormir. Mais tout à coup l'histoire prenait un tour inattendu, et il valait donc mieux ne pas en perdre une miette.

Karna entendait Sara et Anna se préparer au cours du lendemain. Anna devait s'accoutumer aux mots norvégiens dans les livres.

— Tu apprends facilement ! avait dit Sara.

Alors papa et Anders avaient souri, et Sara s'était mise à parler de Mathilde qui n'ouvrait jamais la bouche.

— Je crois qu'elle ne sait pas lire, dit Anna avec tristesse.

— Si, elle lit tous les jours. Je l'ai vue et entendue dans l'annexe. Personne ne lit autant qu'elle.

— Mais pourquoi ne répond-elle pas quand je l'interroge ?

— Tu lui demandes : Dis-moi combien d'humains Dieu a créés au début ! Mais je crois que tu dois dire : Récite ce qui est écrit dans le livre.

— Mais pourquoi ? Il ne faut pas qu'elle récite, mais qu'elle le sache.

Sara soupira et chercha des yeux l'aide d'Anders et de papa. Mais cela n'avait pas l'air de les intéresser. Ils étaient occupés ailleurs.

— Elle a peur si elle doit raconter ce qu'elle a lu. Elle croit qu'elle n'a rien à dire. Mais si tu lui demandes de réciter ce qu'il y a dans le livre, elle sait alors à quoi s'en tenir.

Le lendemain Anna avait demandé à la gamine :

— Lève-toi, Mathilde, et récite la leçon que tu as apprise pour aujourd'hui, la Création du monde !

Et la gamine s'était levée, avait joint les mains sous son menton, levé les yeux vers la lampe pendue haut au plafond. Et elle s'était mise à parler. Un flot ininterrompu de paroles sortait d'elle. Il s'agissait de Dieu, d'Adam, d'Ève. Karna pensait que le doyen ne pouvait guère mieux faire.

La voix de la fille était très différente de sa voix habituelle. Et cela avait pris tellement de temps que Karna craignait d'être obligée d'aller au cabinet. C'était effrayant de voir qu'une leçon pouvait être si longue.

La fille ne prenait pas le temps de souffler. Elle parlait sans arrêt et reprenait son souffle quand elle ne pouvait pas faire autrement. Et Karna avait pensé : maintenant elle va s'évanouir. Mais elle n'était pas tombée.

Et puis ça s'était arrêté brusquement. Elle avait dit « Amen », fait une révérence et s'était rassise.

— Merci, Mathilde, je n'ai jamais entendu une leçon aussi bien récitée ! avait dit Anna.

Elle avait l'air à la fois contente et effrayée. Plutôt effrayée, pensait Karna.

Par contre Sara et les garçons étaient si contents

qu'on voyait toutes leurs dents. Karna voyait même la langue rouge de l'un des garçons.

Depuis ce jour Anna disait toujours : Lève-toi et récite la leçon.

Un jour, Karna eut une crise au milieu de la classe et tomba.

Elle comprit ensuite qu'ils ne voulaient plus d'elle. Personne ne l'avait dit, mais ils la regardaient d'un drôle d'air.

Elle avait demandé à papa pourquoi et il pensait qu'ils avaient eu peur, parce que c'était effrayant de voir quelqu'un tomber sans savoir pourquoi. Il ne fallait pas y faire attention.

Avant qu'ils l'aient vue tomber, ils lui parlaient et avaient joué avec elle sur la plage. Maintenant, ils la dévisageaient, sans plus.

Les gens avaient toujours trouvé curieux son œil brun et son œil bleu. C'était encore supportable. Du reste elle n'allait jamais nulle part sans papa.

Mais ces gosses qui étaient venus à Reinsnes et la regardaient de travers, elle espérait qu'ils allaient bientôt s'en aller.

Papa l'avait aidée à mettre cinq traits sur une feuille de papier. Pour chaque jour qui passait, elle devait y mettre un trait en travers. Elle savait ainsi combien il restait de jours. Cela l'avait un peu aidée, mais pas beaucoup.

Quand elle était avec papa, ça ne faisait rien si Anna était avec les autres.

Elle espérait qu'il dirait qu'il ne pouvait pas se passer d'elle. Chaque fois. Mais il ne le disait jamais.

Par contre il lui arrivait de dire :

— Karna ! Mon enfant chérie !

Toujours dans cette drôle de langue.

Quand elle lui avait demandé pourquoi il parlait ainsi, il avait répondu :

— Ici, chez nous, les mots servent à désigner les choses ou bien ce qu'on fait. Quand je parle danois je peux dire ce que je ressens et ce que je pense

Chapitre 17

L'hiver avait été rude et le printemps se faisait attendre. La neige ne voulait pas fondre. Mais en avril le temps finit par s'améliorer et les premiers signes du printemps apparurent. C'était le premier printemps d'Anna au Nordland.

Elle ne disait pas grand-chose, mais on lisait dans ses yeux le désespoir de savoir le printemps arrivé chez elle au Danemark, alors qu'elle était toujours emmitouflée dans des fourrures.

Un jour il la trouva entourant de ses bras un jeune bouleau tout nouvellement éclos dans le jardin. L'arbre ainsi qu'elle-même étaient enfouis dans un mètre de neige. Ils restèrent étroitement enlacés tandis qu'il la berçait, comme il berçait Karna pour la consoler.

— Anna ! Anna ! Tu trouves ça dur ?

Elle ne répondit pas.

— Tu pourrais aller faire un tour à Copenhague, murmura-t-il.

Mais elle secoua la tête, mit ses bras autour de son cou et cacha son visage.

Après cela il la surveilla. Essayant de lui rendre la vie plus facile. Il l'emmenait avec lui sur les îles, au sud. En pleine mer, là où il n'y avait pas de neige. Il pensait que cela lui faisait du bien. Elle recommença à dire qu'elle aurait aimé être peintre pour peindre la lumière.

— La lumière est verte dans ton pays. Elle descend

comme une colonne droit des nuages. Regarde ! disait-elle avec un étonnement qui le touchait.

Une nuit de la mi-juin la chaleur de l'été éclata et fit fondre la dernière plaque de neige derrière le pavillon.

Le matin, Anna découvrit que l'herbe avait dû verdir sous la neige. Elle arriva en trombe avant même qu'il soit levé et insista pour qu'il vienne voir.

Et tandis qu'elle pleurait à gros sanglots sur son épaule, nu-pieds sur l'herbe verte et glaciale, il ressentit une sorte de reconnaissance envers elle. Envers les yeux d'Anna qui voyaient et se réjouissaient de ce que lui-même remarquait à peine.

Il la vit tout de suite. La lettre de Kristiania. Elle lui brûlait les doigts.

Anna, près de la table, attendait. Il entendit qu'elle inspirait un grand coup. Mais elle retint sa respiration.

Quelqu'un dehors marchait sur le gravier. Le seau fut lâché dans le puits. Juste après il entendit le grincement de la poutrelle. Le seau mit une éternité à revenir cogner le rebord du puits.

Il traversa la pièce pour chercher un coupe-papier, mais ne le trouva pas.

— Anna, où est le coupe-papier ? demanda-t-il à voix basse.

— Seigneur, il te faut un coupe-papier ?

Il se rendit compte alors qu'elle avait repris sa respiration.

— Ça vaut mieux, fit-il.

Elle passa rapidement devant lui, alla dans l'office et revint avec un couteau de table.

Il le prit, comprenant que maintenant, il lui fallait ouvrir.

Elle trépignait, avançait ses mains. Comme si elle voulait le faire elle-même.

Il ouvrit l'enveloppe et en sortit une feuille de papier

raide. Il la soupesa un instant dans sa main et posa l'enveloppe sur la table, puis il déplia la feuille.

« ... en vertu de la loi du 29 avril 1871 concède le droit de pratiquer la médecine en Norvège au citoyen norvégien Benjamin Reinsnes, docteur en médecine de l'université de Copenhague, à la condition qu'il se soumette aux mêmes obligations imposées aux médecins examinés dans le royaume, telles que rédiger chaque année des rapports médicaux sur la propagation des maladies épidémiques et contagieuses, de signaler ses changements d'adresse, etc. »

Il passa la lettre à Anna et émit un bruit de gorge qui n'avait aucune ressemblance avec un vocable.

Durant plusieurs semaines il se sentit invincible.

Une fois Hanna devenue Mme Olaisen, ils ne s'étaient vus que dans les occasions inévitables. Une visite quelconque qu'il essayait toujours d'éviter d'une manière ou d'une autre.

Il s'était résigné aux dents blanches et à la suffisance de l'expéditionnaire. Hanna l'avait choisi. Avait-on à y redire ?

Olaisen faisait construire son quai et un bâtiment pour le télégraphe. Il achetait des terrains allant du sommet de la colline jusqu'à la mer et ce qui pouvait rester de rochers propres à sécher le poisson. C'était une bonne chose pour Hanna : tout ce qu'il entreprenait se rentabilisait.

Après leur mariage il s'était mis à construire une maison sans même attendre le dégel. Elle s'élevait fièrement, avec un étage, sur le haut de la colline. Peinte en blanc, le jardin clôturé de planches savamment découpées, avec un pigeonnier qui ressemblait comme deux gouttes d'eau à celui de Reinsnes.

Cela amusait Benjamin. De même la véranda impressionnante aux vitres colorées, surmontée d'une girouette.

Hanna ne cousait plus, elle faisait des visites. Il lui arrivait parfois de venir à Reinsnes aussi. Avec un filet à provisions et une valise remplis de toutes sortes de cadeaux destinés à Stine et à Tomas.

Mais elle ne prévenait jamais d'avance ni Benjamin ni Anna qui s'apercevaient de sa présence une fois qu'elle était là.

Un jour du mois de juin elle fut la dernière patiente assise dans la petite salle d'attente de Strandstedet.

Poliment, il la pria d'entrer dans son cabinet.

Quand elle se leva pour aller vers lui, il se sentit comme oppressé. Et après avoir refermé la porte il jeta un coup d'œil par-dessus le paravent qui barrait la fenêtre pour voir s'il y avait quelqu'un dehors. Pourquoi avait-il fait cela ? Il savait bien qu'on ne pouvait pas les voir de la rue. N'empêche qu'une inquiétude lui traversa la tête, comme s'il faisait quelque chose de défendu en recevant Hanna comme patiente ce jeudi-là.

Il se força à des gestes routiniers et alla vers la table de toilette pour se laver les mains, comme il en avait l'habitude. Puis il les sécha avec soin tout en essayant de trouver quelque chose d'ordinaire à dire.

— En quoi puis-je aider Hanna aujourd'hui ?

Elle déplaça son sac un peu nerveusement.

— En fait, j' suis pas malade, pas vraiment...

Elle s'arrêta.

Il essaya de deviner de quel mal Hanna pouvait bien souffrir, puisque c'était difficile à dire. Il la regardait de biais. C'était peut-être le mal habituel des jeunes mariées. Dans ce cas, il ne pensait pas qu'elle serait venue le voir, ce n'était pas une maladie.

— J' voudrais seulement profiter de ton bateau pour aller à Reinsnes, si tu rentres aujourd'hui ?

Parmi toutes les éventualités qui lui étaient venues à l'esprit durant ces quelques secondes, il n'avait pas pensé à celle-là. Il y avait autre chose, quelque chose qu'elle n'osait pas dire ?

Il ne l'avait pas vue depuis Pâques. Elle était encore plus fraîche et ferme que dans son souvenir. C'était donc bien ce qu'il pensait. Cela lui fut désagréable.

Toute dorée, incandescente, elle se tournait vers lui. La veste de son tailleur moulait son buste.

Partir avec lui ? Bien sûr qu'elle le pouvait. Mais il lui fallait faire un détour par Vika pour voir une blessure qui s'était infectée.

— Les chairs ne se cicatrisent pas toujours, même quand c'est bien recousu, dit-il avec légèreté.

Non, ça ne faisait rien, elle avait un ouvrage de couture avec elle aussi. Elle pourrait surveiller le bateau dans la marée montante en attendant.

Avec une ombre de sourire elle demanda pour quelle heure elle devait être prête.

— Si ce n'est que le mal du pays dont tu souffres, on part tout de suite, dit-il.

Elle rougit, sans répondre.

Tout en marchant il voulut lui prendre son panier. Mais ce n'était rien du tout, prétendit-elle en le changeant de main.

Il le lui prit quand même et demanda des nouvelles d'Isak.

— Mon mari et Isak sont en bonne santé.

Sa voix était toute faible. Comme si elle avait peur que quelqu'un l'entende, caché dans le fossé.

Après avoir dépassé les dernières maisons, il se reprit et demanda :

— Et toi ? Comment va-t-elle, Hanna ?

— Bien, merci, dit-elle avec une certaine hésitation.

— Tu es resplendissante !

Elle lui lança un regard furtif, puis se dépêcha de dire :

— Nous attendons un enfant.

Ce n'était pas elle qui attendait un enfant. Non, c'était nous ! Cela exprimait un certain triomphe. Une insulte peut-être ? Qu'en savait-il ?

Bien entendu qu'elle était enceinte. Il n'y avait qu'à la regarder. Il se racla la gorge et essaya un sourire tout en la considérant.

Elle était si petite. Près d'elle il s'était toujours senti

plus grand qu'il ne l'était en vérité. Ils étaient maintenant cachés par les entrepôts. On ne voyait pas une âme sur le chemin boueux, il pouvait donc la toucher. Lui souhaiter bonne chance ou quelque chose dans ce genre.

Mais il attendit d'être parvenu au bord de mer et d'avoir déposé le panier.

— Alors, il est content maintenant, l'expéditionnaire ? lui dit-il en posant une main sur son bras.

— Content ? Oui, bien sûr.

Il ôta sa main et enfila des moufles pour ne pas abîmer ses mains de praticien en mettant le bateau à flot.

— Enceinte de deux mois ?

— Quatre.

Il fit un signe de la tête et se mit à pousser. Le bateau glissa tout d'un coup sur les morceaux de bois sur lesquels il était posé. Il fut entraîné par le poids du bateau et se sentit maladroit et bête.

Il l'empêcha d'entrer dans l'eau pour monter dans le bateau. Il la souleva dans ses bras.

La pierre sur laquelle il se tenait était glissante, mais il tint bon. Étourdi par un désir brusque il resserra son étreinte. Il ne voyait plus clair. Il sentait seulement son haleine contre son visage.

Elle lui avait passé les bras autour du cou, comme avant. Il y avait de cela combien de temps ? Qui était sûr du temps écoulé ?

Il restait debout sans bouger. Le bateau allait et venait, se cognant sur sa cuisse. Encore et encore. Le bateau était comme le temps qui cognait contre son corps. Elle était si légère. Un oiseau domestique doré. Qui était devenu sauvage et avait disparu.

Maintenant il la tenait dans ses bras. Ses bras d'autrefois. Dans le foin. Dans les champs. Au grenier. À l'écurie. Dans un des innombrables recoins de la grande maison. Dernièrement dans la chambre.

— Il faut que tu me lâches, murmura-t-elle tout en le tenant serré.

Il fit ce qu'elle lui demandait, et elle lâcha prise.

Mais ils avaient cessé d'être étrangers l'un à l'autre.

Ils avaient un fort vent d'ouest et prirent de la vitesse quand il hissa la voile.

Il lui tendit sa veste en peau de phoque dans laquelle elle se recroquevilla et elle resta assise, silencieuse, à l'avant.

Quand ils durent virer pour entrer dans la baie, ils furent pris par des vagues de côté. Il attacha le gouvernail et sortit la voile de réserve pour qu'elle s'en protège.

Elle s'entortilla aussi bien qu'elle le put, mais il avait vu qu'elle était mouillée.

— Tu n'as pas peur ? cria-t-il de sa place au gouvernail.

Elle secoua la tête.

Quand ils approchèrent du bord, là où la mer était calme, il dit :

— C'était bête de ma part de virer aussi brutalement, tu es mouillée.

— Tu pouvais pas faire autrement, répliqua-t-elle.

Elle était assise sur une caisse, le regard perdu au loin, quand il revint. Son chignon avait glissé sous son bonnet. Ses cheveux flottaient au vent, comme des traînées noires sur un ciel agité.

Elle avait essoré et accroché ses bas pour les faire sécher au vent. Ils avaient laissé des marques d'humidité sur les pierres les plus proches. Quand il s'approcha, elle cacha ses orteils roses sous sa jupe.

C'était à en perdre la tête. Il avait tellement envie de s'agenouiller devant elle et de prendre ses pieds dans ses mains. De les enfouir sous sa chemise et de les garder là pour les réchauffer.

Elle enfila ses bas et ses chaussures et, debout sur une pierre, sauta d'elle-même dans le bateau.

Une fois dépassée la pointe du cap, ils eurent le vent à tribord et il comprit que la traversée serait rude. La mer était devenue mauvaise, en force comme en couleur.

De l'arrière il lui cria qu'il allait suivre la côte, entre les îles, même si cela prenait plus de temps.

Il ne put pas entendre sa réponse.

Il mit le cap sur une vague, mais trop tard, elle se déversa sur eux. Sous le choc du froid il sentit qu'il était mouillé jusqu'aux os.

Il voyait qu'elle se cramponnait au banc de nage et il avait toutes les peines du monde à tenir la barre.

Il se mit à pleuvoir. Des trombes d'eau se déversaient sur eux. Ou bien directement à la verticale, ou bien comme un coup de fouet à l'horizontale. Avec un mélange d'eau de mer. Glacée et inexorable.

Le bateau prenait de la vitesse, descendait au creux de la vague, tremblait et remontait comme un baquet à la dérive.

Il faut aller à terre, pensa-t-il, sans pouvoir faire demi-tour. Il essaya un moment de se laisser flotter entre les vagues. Puis il vira aussi sec qu'il le pouvait et mit le cap sur l'îlot le plus proche. Il y réussit en un sens. La coque cogna avec une force brutale contre les pierres de la plage.

Il sauta par-dessus bord et arriva à tirer le bateau à terre aidé par le paquet de mer suivant. Elle sauta elle-même à terre et lui vint en aide. Finalement ils se retrouvèrent, trempés, courbés sur le plat-bord, reprenant leur respiration.

Leurs yeux se rencontrèrent en même temps. Elle claquait des dents et ses mains tremblaient.

— Mon Dieu, Hanna, soupira-t-il.

Elle ne répondit pas.

Après avoir stabilisé le bateau entre deux pierres, il en sortit le coffre, sa sacoche de médecin, le lest et tout le reste et essaya de le retourner la quille en l'air.

Elle attrapa le plat-bord de l'autre côté. Elle savait y faire. Les bancs de nage roulèrent sur le sol et l'eau se déversa à flots entre les tolets.

Ils hissèrent le bateau sur une pierre, laissant ainsi

une ouverture pour se glisser dessous. Il recouvrit le sable aussi bien que possible avec la voile de réserve et lui fit signe de s'y installer.

— Il faut retirer tes vêtements mouillés, dit-il.

Elle se recroquevilla, les bras entourant ses genoux.

— Tu as bien un rechange sec dans ton panier ?

Il comprit qu'elle ne voulait pas se changer devant lui.

— Je vais me retourner, Hanna, essaya-t-il.

Elle ne répondit pas.

— Sois donc raisonnable, dit-il en essayant de déboutonner sa veste avec des doigts gourds.

Elle ne bougeait toujours pas mais elle tremblait.

Alors il enleva à la hâte sa propre veste et sa chemise trempée et rampa vers l'ouverture, torse nu. Il laissait la pluie le laver et secouait sa chevelure, dans une sorte de rage.

Il se préparait à sortir à moitié nu dans la pluie et le vent pour la laisser seule quand il sentit sur son dos une main le taper. Glacée et humide.

— Espèce d'idiot, entendit-il venir de dessous le bateau.

Il se passa un moment, une éternité, une seconde. Qu'en sait-on en pareils instants. Et il recula sous le bateau.

— Alors ? dit-il en claquant des dents.

C'est alors qu'elle sembla se réveiller. Elle fouilla dans le panier pour finir par en sortir une chemise et une blouse et des dessous.

À demi couchée, à demi agenouillée sous cette voûte basse elle enleva ses vêtements un par un.

Il essaya de regarder ailleurs.

Ses cheveux ! Elle les tordit comme un vêtement détesté. Et ici et là dans la pénombre, le brillant de ses yeux. Comme une phosphorescence dans le noir de la mer. À la fois suppliants et provocants.

Pourquoi s'était-elle complètement déshabillée ? Pourquoi n'avait-elle pas remplacé un vêtement par un autre au fur et à mesure ? Pourquoi ?

Au moment où elle allait enfiler le premier vêtement sec, il perdit la tête.

Ils restèrent allongés aussi loin l'un de l'autre qu'ils le pouvaient sur la couche dure et humide. Mais quand le froid de la nuit se mit à mordre sérieusement, il rampa jusqu'à elle et les recouvrit avec ce qu'ils avaient.

— Pour que tu ne gèles pas complètement, murmura-t-il.

Ce n'est que lorsque les premiers rayons du soleil lui chatouillèrent les yeux qu'il se rendit compte que cela pouvait leur coûter cher.

— Faut que tu m' ramènes à Strandstedet, dit-elle alors qu'ils s'embarquaient.

Il ne fit aucun commentaire. Ne posa aucune question.

— Mets-moi à terre dans la crique à l'ouest de l'église, dit-elle.

— Pourquoi ? Ça fait très loin.

— Il pourrait nous voir, dit-elle dans un souffle à peine audible.

Elle voulait être déposée en secret pour que son mari ne les voie pas.

— Mais Hanna, on nous a vus monter en bateau. On n'y peut rien s'il y a eu une tempête, dit-il en se forçant à sourire.

Ils avaient traversé Været, passant devant toutes les fenêtres. Et il avait porté son panier.

— N'empêche, je veux que personne ne nous voie maintenant.

— Tu regrettes d'être partie avec moi ?

Un instant passa. Sait-on jamais combien de temps ? Avant de comprendre ce qui se passe.

— Jamais de la vie ! Même si je dois mourir en couches !

Elle avait jeté ces mots et craché ensuite, comme pour conjurer les esprits. Les yeux qu'elle posait sur lui étaient insondables. Ses cheveux sombres étaient serrés sous son bonnet, et ses pommettes hautes luisaient.

Les mouettes s'agitaient, pêchant et se battant. Le soleil perçait sans arrêt à travers un ciel tourmenté. Le vent était parfait pour atteindre la crique derrière l'église.

Au milieu du détroit elle dit :

— Si je suis enceinte une autre fois, tu auras le courage de me rencontrer alors ? Comme maintenant ?

Il lui fallut du temps avant de saisir ce qu'elle venait de dire. Elle avait rougi jusqu'au cou, mais il y avait du défi dans son regard.

— Si tu es enceinte à nouveau ? Pourquoi dis-tu cela ?

— Mes enfants doivent être légitimes. Mon péché n'appartient qu'à moi.

Il essaya de comprendre. Essaya de trouver quelque chose à dire, sans mentir.

— Non, Hanna ! Mais moi, je ne regrette rien !

À bonne distance de la terre il attacha la barre et s'avança vers elle.

— Ne redeviens pas étrangère, Hanna ! Regarde-moi !

Ils se serrèrent l'un contre l'autre sans parler.

Il fut pris d'angoisse sur le chemin du retour.

Avait-elle tout organisé ? Leur avait-elle jeté un sort à tous les deux ? Et lui ? Avait-il seulement attendu de saisir une occasion ? Ou bien, encore pis, était-ce Hanna qu'il aurait dû épouser ?

Anna avait été folle d'inquiétude en imaginant ce qui avait pu arriver. Une inquiétude qui se transforma en joie folle quand elle vit le bateau approcher de la côte.

Elle jeta un châle sur ses épaules et courut à sa rencontre, pleurant et riant tout à la fois.

Quand il l'entoura de ses bras, ce n'était pas lui qui le faisait. C'était un autre. Un qui la voyait de l'extérieur et sentait à quel point elle avait maigri.

Cet autre le consolait en lui faisant remarquer qu'elle n'était pas devenue maigre au cours de la nuit.

Était-ce parce qu'il en avait tenu une autre dans ses bras ?

Il refusa d'y penser, mais se sentit coupable parce qu'elle était devenue si maigre sans qu'il s'en soit aperçu.

— Tu es tout mouillé ! s'écria-t-elle avec effroi. J'ai cru que la mer t'avait emporté !

— Non, elle n'y est pas parvenue cette fois non plus. Mais ce coup-ci, je vais faire réparer la route par la montagne, c'est sûr, murmura-t-il.

Et le soir, dans le lit à baldaquin, quand il raconta la tempête, la nuit passée sous le bateau, c'était comme si tout était nouveau et frais.

Hanna n'était jamais là. C'est pourquoi il n'en parla pas du tout.

— Et dire que tu es arrivé à retourner le bateau tout seul ! s'était-elle écriée.

Cet autre homme regarda Anna dans les yeux, lui déposa un baiser sur le nez, lui caressa les cheveux. Et cet autre homme ne se sentait même pas coupable que tout soit si facile.

Chapitre 18

Il faisait encore un temps glacial à Berlin, comme en plein hiver, alors que le printemps aurait dû être là. La bonne avait entretenu le feu toute la journée. Les murs s'étaient enfin réchauffés.

Dina tenait deux lettres entre ses mains soignées. L'une venait de Reinsnes, l'autre d'un avocat connu.

La lettre de Norvège avait été rapide alors que l'autre avait mis plus de temps que d'habitude à lui parvenir. Toutes deux étaient datées du 22 février 1878.

Ce jour-là le calendrier était marqué d'une pierre. Illustrant une vieille croyance disant que ce jour-là saint Pierre jetait une pierre incandescente sur la terre pour la réchauffer et faire fondre la glace.

Elle était assise face à un grand miroir. Ses cheveux étaient striés de gris, mais ses rides n'étaient que des ombres, pas tout à fait réelles. Comme si son visage avait su tenir l'âge en échec en se couvrant d'une mince peau qui le contrôlait.

Dans les moments pénibles, ou quand elle se laissait surprendre par les sentiments, comme aujourd'hui, cette peau se craquelait et dévoilait son âge.

La pièce était vaste et témoignait d'un goût luxueux, tout en étant presque austère par sa simplicité. Des tableaux sur les murs. Un violoncelle dans un coin, et au milieu un piano à queue. Juste au-dessus pendait un énorme lustre en cristal qui tintait discrètement quand quelqu'un refermait la porte cochère trois étages en dessous, ou quand les voitures passaient dans la rue.

Un poêle de faïence blanche occupait tout un coin, du plancher au plafond. Aujourd'hui, ses portes en cuivre étaient ouvertes et le feu se reflétait sur le dessin géométrique du parquet.

Elle replia la lettre de l'avocat et la rangea dans le tiroir sous le papier à lettres et les enveloppes.

Elle prit avec elle l'autre lettre vers une des trois fenêtres qui s'ouvraient sur une rue passante bordée de tilleuls. Elle ouvrit la fenêtre et se pencha à l'extérieur.

Il était tard dans l'après-midi et il y avait de la neige dans l'air. Le bruit des sabots de chevaux, des piétons qui se hâtaient, des tonneaux que l'on roulait et des roues de voitures montait vers elle. Des rais de soleil perçaient à travers les couronnes des arbres.

Elle déplia la lettre et la laissa flotter au vent entre les flocons de neige, la tenant entre le pouce et l'index.

À ce moment même un homme de haute stature arriva devant la porte cochère.

Elle agita la lettre.

Il ne leva pas la tête, si bien qu'elle mit deux doigts dans sa bouche et siffla. Il leva alors le visage, enleva son chapeau et lui fit un signe de la main.

Elle leva la main avec la lettre et la lâcha. Avec sérieux, sans rien dire, elle la laissa voltiger pendant que tous deux la suivaient des yeux.

L'homme déposa sa sacoche de médecin et essaya d'attraper la feuille. Il étirait son grand corps pour l'atteindre, sans y parvenir. Exécutant quelques sauts ridicules par-ci, par-là.

Mais une brise légère jouait avec la lettre et la maintenait en l'air tandis que les flocons de neige imbibaient lentement le papier. L'encre s'était mise à couler sur toute la feuille avant même qu'elle n'atteigne le sol, lourde d'humidité.

Il finit par prendre possession de la lettre et resta un instant debout, penché sur elle. Puis il leva le visage vers la fenêtre.

Mais elle l'avait déjà refermée.

Il lui tendit la lettre et l'embrassa. Mais elle ne la prit pas. Elle resta un instant entre eux. Les yeux fermés il la laissa tomber là où il pensait que la console se trouvait.

— Espèce de sorcière ! Pourquoi me fais-tu courir après une lettre devenue illisible quand je mets enfin la main dessus ? C'est de qui ? murmura-t-il contre sa bouche.

— Anna, dit-elle en l'aidant à enlever son pardessus.

Il alla droit au poêle et se frotta les mains dans la chaleur. Soufflant dessus et les frottant.

— Ah bon, Anna, dit-il distraitement. Qu'est-ce qu'elle dit ?

— Elle s'est installée à Reinsnes. Il y fait plus sombre que cet été.

— Comment ça ? demanda-t-il vivement.

— C'est l'hiver.

— Ah bon... Et Benjamin ?

— Il a enfin l'autorisation de pratiquer.

— Ces Norvégiens sont complètement idiots, dit-il avec colère.

— En tout cas il l'a maintenant.

— On fête ça ?

Il se retourna vers elle, désignant du menton la porte de la chambre à coucher à moitié ouverte.

— Pas maintenant.

— Pourquoi es-tu si distante ?

— Je pense.

— À quoi ?

— À mes gens, ceux de chez moi.

Il rit et la prit par le bras.

— Et qu'est-ce que tu penses ?

— Je n'ai pas encore fini de penser.

— Ah bon. Qu'est-ce qu'il y avait d'autre dans la lettre d'Anna ?

— Elle me demande de venir.

— Mais c'est ce qu'ils font tout le temps. Nous pouvons y aller, finalement !

— Nous ?
— Oui, je pars avec toi.
— Non.
— Et pourquoi pas ?
— Là-bas dans le Nord m'attendent un époux et toute une famille que j'ai abandonnée.
— Mais il y a une éternité de ça. Ton mari sait bien que tu... que nous...
— Et c'est pour ça que je devrais l'offenser en revenant avec un amant à la traîne ? Non !

Elle entra tranquillement dans la chambre à coucher et mit son chapeau.

Il la suivit et la considéra pendant qu'il se lavait les mains.

— Où va-t-on dîner ? demanda-t-elle.

Il faisait tourner l'eau savonneuse qui giclait dans la cuvette.

— Divorce, fit-il en colère.

Elle fixa les épingles à chapeau, prit un miroir pour se voir de dos.

— Non !
— Il serait vraiment temps ! Pas vrai ?
— Je ne peux pas divorcer d'Anders.

Il attrapa la serviette et se précipita vers elle en s'essuyant.

— Et pourquoi donc, si je peux me permettre cette question ?
— Je ne vais pas discréditer un frère qui ne m'a jamais rien fait de mal.
— Dieu nous préserve, tu es mariée à un frère maintenant ? Un inceste que tu n'as pas pratiqué depuis des années. Du reste tu l'as déjà discrédité quand tu es partie.
— Tais-toi !

Elle posa son index sur sa bouche en secouant la tête.

— Pas question, dit-il avec entêtement. Maintenant tu vas te décider. Tu vas là-bas et tu vas te réconcilier avec lui. Anders, ce vieil homme, comprendra. Après on pourra rentrer à Berlin pour se marier.

— Après quoi ?
— Après, quand tu te seras rendu compte que tu as eu raison de partir, raison de revenir, raison de divorcer d'un homme qui t'est indifférent.
— Aksel, il y a une chose que tu oublies tout le temps.
— Quoi donc ?
— Que ce n'est pas toi qui peux transformer mon existence ou ma manière de penser. Et, du reste, Anders ne m'est pas indifférent.
— Bien. Au moins, c'est franc parler ! Pars donc toute seule. Choisis ! Entre moi... et ce type. Bon !
— Il me semble qu'on a déjà eu cette conversation, si on peut l'appeler ainsi. On en est exactement au même point que la dernière fois, après la dernière lettre.
— Que le diable t'emporte !
— Au fait, il y a quand même une petite différence.
— Laquelle ?
— Cette fois je pars. Je vais y employer mon été. Seule.

Il ne s'y attendait pas. Il fit une boule de la serviette et la jeta contre le mur. Traversa la pièce et attrapa son chapeau et son pardessus. Sans prendre le temps de l'enfiler. Il se précipita dehors.

Elle reposa le miroir sur la commode, jeta un dernier regard sur sa toilette en enfilant ses gants. Le vide s'était déjà installé dans ses yeux clairs.

En sortant de la porte cochère elle le trouva en train de fumer. Comme s'il en allait de sa vie. Regrettant déjà la scène. Mais c'était trop tard. Il le comprit quand il rencontra son regard. Pour elle, la partie était terminée.

FIN DU LIVRE PREMIER

Le livre II de *L'Héritage de Karna* s'intitule *Le Pire des silences*.

Herbjørg Wassmo
Le livre de Dina

Maudite, exclue, sauvage et libre, Dina arrachera au destin le droit de vivre en défiant les hommes, les éléments, les bêtes et les lecteurs jusqu'à l'étourdissement. Une trilogie intense et fascinante sur la vie d'une femme qui côtoie la mort à chaque pas. Outre cette saga bouleversante, on trouve dans ce poème épique un tableau de la Norvège au siècle dernier où les paysages extraordinaires et la société de l'époque sont peints avec une abondance de couleurs et de métaphores. Un requiem qui, la dernière page tournée, insuffle sa force et sa vérité.

n° 3231 – 6 €

DOMAINE ÉTRANGER, DES ROMANS D'AILLEURS ET D'AUJOURD'HUI

Herbjørg Wassmo

Voyages

Après la saga norvégienne inaugurée par la trilogie du *Livre de Dina*, Herbjørg Wassmo expérimente dans *Voyages* le genre de la nouvelle, espace privilégié de l'intime. Elle y donne la parole à quatre femmes, quatre êtres à la dérive dont les voix s'élèvent et se font écho sans jamais se rencontrer. Sa plume, impétueuse et envoûtante, dessine dans les brumes du Grand Nord les contours de vies qui se cherchent, de destins sur le point de se sceller, mais qui hésitent encore, hantés par les fantômes du passé. Voyages intérieurs, dialogues avec l'absent, réminiscences de l'enfance, ce recueil d'instants décisifs sait capter les émanations de la mémoire, reflets diffractés des hésitations et des aspirations de l'âme humaine.

n° 3804 – 6,50 €

DOMAINE ÉTRANGER, DES ROMANS D'AILLEURS ET D'AUJOURD'HUI

Cet ouvrage a été imprimé en France par

à Saint-Amand-Montrond (Cher)
en juin 2010

Dépôt légal : novembre 2003
N° d'édition : 3538 — N° d'impression : 101881/1
Nouveau tirage : juillet 2010